光文社文庫

さよなら願いごと

大崎　梢

KOBUNSHA

さよなら願いごと

Contents

願いごとツユクサ

1

　小学校に入ってから四度目の夏休み。雨が降ってもカンカン照りでも、徒歩で三十分かかる登下校から解放され、琴美《ことみ》は毎日を気ままに過ごしていた。

町営プールに行ったり、河原で遊んだり、畑仕事を少し手伝ったり、親戚の家に行ったり。宿題の夏休みドリルはだいたい終わったので、あとは自由研究と読書感想文を書くだけだ。本を買ってもらう口実で小田原《おだわら》のデパートにまた行きたいのに、母親は図書館で借りればいいと言う。つまらない。図書館にまだ読んでない本があっても、買ってもらう本は特別なのに。

　一緒に遊ぶ友だちは近所にいるので、互いの家のお泊まりごっこも楽しい。このまま夏休みがずっと続けばいいと思っているけれど、ほんのちょっとだけ、プールや河原に行く以外の面白いこと、いつもとちがう珍しいことが、起こらないかなと考えていたのは事実だ。

「お父さん、佐野《さの》くんはまだなの。お盆過ぎには来るって言ったよ」

「そうだっけ。ならもうすぐだね」

「いつなのか聞いてみて。おじいちゃんだってきっと待ってるよ」

子どもが何の用事だと言われる前に、おじいちゃんを持ち出した。我ながら冴《さ》えていると内心、胸を張る。

「琴美、前から言ってるでしょ。佐野くんじゃないの。佐野さんって言いなさい。でなきゃ、えーっと、下の名前はなんだったかしら。たける？　たけし？　ねえ、お父さん」

「たかしかな。でもほら、琴美が急に『たかしさん』なんて言い出したら変だよな。笑っちまう」

「でしょ。佐野くんは佐野くんだよ。チカちゃんもミツくんもそう呼んでるし、佐野くんがいいって言ったんだよ」

「ダメなの。友だちじゃないんだから。お父さんとそう変わらないのよ。三十を過ぎてるんじゃなかった？」

たしかに父親と年齢は近いかもしれない。けれど見た目はぜんぜんちがう。手足が長くて細くて、顔立ちはすっきりしていて、しゃべり方も言葉遣《づか》いもおじさん臭くない。かといって浮《う》わついているわけではなく、なんとなく知的でじっさい賢い。佐野くんは佐野くんだ。

おじさん以外の何者でもない父親をちらりと見て、琴美はわざとらしくため息をついた。気づいた母親は少し笑い、父親は顔をしかめた。

佐野隆《たかし》が初めて琴美の家にやって来たのは三月初旬のことだった。琴美の父の知り合いで、昔お世話になった人の息子だそうだ。雑誌の記事を書く仕事をしていて、日本各地の古い言い伝えや昔話を調べていると言われた。琴美の住む白沢町《しらさわちょう》にそんなものがあっただろうか。首を傾《かし》げてしまうが、もしかしたら何かあるのかもしれない。出版社に勤めているわけではないので毎月の決まった収入はなく、足りない分は他で稼いでいるらしい。食堂の皿洗いとか、山小屋の手伝いとか、引っ越しの作業員とか。

琴美の家は祖父と父と母、三つ年上の兄という五人家族だ。先祖伝来の農地は祖父母の代で天災に遭い半減した。父は高校を卒業後、電力会社に就職し、今では町の北部にある発電所で働いている。

残った農地は祖父母が耕《たがや》していたが、二年前に祖母が亡くなってからは、祖父がひとりで世話をしている。母も手伝っているが実家の祖父母の体調が悪く、思うようには動けない。耕地面積を縮小しつつ、近隣の助けを借りながら細々と続けている状態だ。

本格的に人を雇うだけの儲《もう》けもなく仕事量も少ないが、農繁期《のうはんき》にはひとりよりふたり、相棒がいれば楽だろうと父から祖父に持ちかけた。短期間の臨時雇いに、格好の知り合いがいるというのだ。どんなやつだと訝《いぶか》しみながらも、祖父はまんざらでもない様子だった。季節の変わり目は、人手があればずいぶん助かる。

父親の知り合いと聞き、近所のおじさんをぼんやり想像していた琴美は、軽自動車を運転してやってきた佐野隆に驚いた。ほどよく日に焼け、飾り気のない笑顔で挨拶する彼は、爽《さわ》やかで快活そうだ。好感度は一気に跳《は》ね上がった。祖父は開口一番、「まるで大学生のお兄ちゃんじゃないか」と目を丸くし、みんなもほんとだと笑った。

琴美の家は農家なので敷地は広く、古い母屋《おもや》の他に、両親の建てた二階建て家屋があり、プレハブの「離れ」もある。当初はそのプレハブを使ってもらうはずだったが、三月の白沢町はまだまだ冷え込みがきつい。母屋の方が暖かいとにわかに祖父が言い出し、二階の空き部屋をすすめた。母屋にはどうせ祖父しか住んでいないので部屋は余っている。

佐野は抵抗を示すでもなく、築百年は経《た》っているという日本家屋に目を輝かせた。黒光りする柱も、毛羽《けば》立つ畳も、建て付けの歪《ゆが》んだ引き戸も、物々《ものもの》しい欄間《らんま》も大好きだという。使い勝手の悪い台所にも風呂にもトイレにも臆《おく》さない。あてがわれた部屋で身の回りの物を片付けると、すぐに階下に下りてきて、さっそく今日から手伝わせてくださいと言い、祖父を喜ばせた。

その日の夕飯は琴美も兄も一緒に、久々に母屋で大きな座卓を囲んだ。

彼を気に入ったのは祖父だけでなく、琴美もだったし、おそらくは母もだっただろう。ぼさぼさ頭に半開きの目で子どもたちを怒鳴りつけることもなくなり、朝からつるんとした顔で機嫌がいい。いつもムスッとして部活のサッカーしか興味のない兄も、佐野が昔サッカーをやっていたと聞き、態度も言葉遣いも改まった。庭先でのリフティングを佐野と楽しげにやっている。

肝心の畑仕事についても、腰を曲げてのきつい姿勢や、冷たい泥まみれの作業を、文句を言うことなくこなしているそうだ。慣れていない分手際は悪いが、飲み込みは早いと祖父は及第点を与えた。くたびれきって座敷でうたた寝している佐野に、めったにない優しい手つきで毛布などをかけている。

物珍しいのか、近所の人たち、主におばさんやおばあさんたちが頻繁《ひんぱん》にやってくるようになった。もらい物や作物のお裾分《すそわ》けがにわかに増えた。おばさんたちは畑にも顔を出すそうで、佐野のしている作業を手伝ったり、時には自分のところの仕事を手伝わせたり。さらに、雨の日は農作業が休みになるので、佐野に車を出すようせがんでくる。自分でも運転できるくせに病院の送り迎えをしてほしいのだそうだ。

佐野の車が必要なのは、雨の日に迎えに来てほしい自分の方だと琴美はむくれた。

母にはたしなめられたが駄々をこねた甲斐《かい》があったのか、朝からの雨脚が強まったある日の午後、傘を差しながら校門に向かうと、門を出てすぐの場所に見慣れた軽自動車が駐《と》まっていた。運転席にいるのは佐野だ。立ち止まった琴美に気づき、同級生が怪訝《けげん》そうに振り返る。

運転席の窓が開いたので、佐野のことを話してある友だちと一斉に駆け寄った。

「よかった、気づいてもらって。迎えに来たよ。すごい雨だね」

北側に丹沢《たんざわ》の迫る山間《やまあい》の集落だ。天気の急変や突然の豪雨は珍しくもない。小学校入学の頃は家族に気にしてもらえたが、今では台風や大雪のとき以外、なかなか心配もされない。それだけに嬉《うれ》しい。

「乗ってもいいの？」

「もちろんだよ。鍵、かかってないから開けて」

「わたしだけ？　友だちもいい？」

佐野は微笑《ほほえ》んでうなずき、琴美の後ろにくっついている女の子や男の子に「乗っていきなよ」と声をかけた。

琴美は助手席に座り、女の子の友だちふたりと男の子ひとりが後ろの席に乗り込んだ。みんな濡《ぬ》れそぼったレインコートを着ている上に、長い傘を持っているので、中に入って腰を落ちつけるだけで大騒ぎだ。

小学校はJR駅の南側、小高い丘の上に建っている。車はすでにUターンしていたのでみんなの用意が整い次第発車して、ゆっくり坂道を下っていった。分厚い雨雲のせいであたりは薄暗く、車のヘッドライトが点《とも》されている。対向車のライトも、点灯された街路灯もまぶしい。フロントガラスの向こうで、ワイパーがせわしなく動いている。

坂道を下りきって左折し、信号まできたところでひとりが降りた。琴美の家はそこから右折しなくてはならない。雨脚は弱まっていなかったが、わたしの家はすぐだからと言って、友だちは横断歩道を渡っていった。

「あとのふたりはどこなの？　もしよかったら送っていくよ」

琴美は助手席でうなずいた。

「チカちゃんちはうちの近くだけど、ミツくんは高井橋《たかいばし》のそばなの」

「だったら先にミツくんちまで行こうか。ふたりとも時間は大丈夫？」

「ぜんぜん大丈夫だよ。用事ないもん」

振り向いて目が合うなりチカは嬉しそうに微笑んだ。チカは小柄で色が白くて目のぱっちりした女の子だ。さらさらの髪の毛をふたつに結んでいる。とても恥ずかしがり屋で授業中に手を挙げるようなことは絶対しない子だが、仲良しの子たちにはちゃんとしゃべる。自分の意見も言う。何かと付き合いがいいのも琴美にとっては美点だ。

信号を右折し、細い道に入る。車のスピードは控え目だ。叩《たた》きつける雨の音は軽自動車の車内にも暗く響きわたる。

「高井橋のそばなら、学校まではだいぶあるよね。ミツくんはいつも歩いて通っているの？」

「お父さんの車に乗ることもあるけど、だいたい歩くかな。四十分くらい」

琴美の家から十五分ほど離れたところに高井橋がある。ミツこと堀田光弘《ほったみつひろ》は高校生の姉と保育園児の妹に挟まれた真ん中の男の子だ。身長はクラスの真ん中くらいだが体重はかなりオーバーしている。

通学に往復一時間半近く歩いても、痩《や》せないところはある意味立派だが、給食はおかわりを含めて残さずたいらげるし、通学路の途中にある光弘のおじさんちの畑で、野良仕事の休憩に紛れ込んでおやつをたくさん食べている。あれでは痩せる暇がないだろう。

「四十分、それはすごいね。えらいな」

佐野の言葉に光弘は得意げだ。

「ミツくん、今日みたいな雨の日はたしかにえらいよね。寄り道しないから」と琴美が言えば、「するよ。この前は、うちに寄って干し柿三つとおにぎりふたつを食べてた」とチカ。

「えーっ」

「チカちゃんちの干し柿と梅干しって、どうしてあんなにおいしいのかな。すごいよね。すばらしい。おばさんにそう言っといて」

「言わない」

「ミツくんさ、食べ物を褒《ほ》めるのがほんと上手だよ。すごく幸せそうに食べるし。うちのお母さん、いまだにおはぎを食べさせたがるもん」

「ああ、もうすぐお彼岸《ひがん》じゃないか。おはぎの日だ。行く行く。コトちゃん、おばさんによろしく言っといて」

「言わない」

運転席でハンドルをさばきながら佐野が笑った。向かいからバイクがやってきたので、車は路肩にぎりぎり寄って停《と》まる。バイクの人はすっぽり雨合羽《あまがっぱ》に包まれているので男性か女性かもわからない。

その人を目で追っていた光弘が、バイクがいなくなっても体ごと後ろにひねったきり元に戻らない。そして前を向いたとたん、真剣な顔で口にした。

「雨、すごく降ってるよね。こんな雨の日ってさ、幽霊はどうしているんだろう」

学校の方角を見ていたらしい。

「校舎の中でじっとしてるのかな」

「やめて。よして」

琴美が睨《ね》め付けても光弘はひるまない。

「校舎の外に出てくるとしたらさ、町の中まで来たりするかな。だってこんなに暗くて、雨音しか聞こえないような不気味な感じだと、いかにもうろうろしてそう。いたっ。痛いよ」

となりに座っているチカが、光弘の二の腕にパンチを繰り出したらしい。

「何するんだよ、いきなり」

「ミツくんがへんなこと言うから」

「そうだよ。チカちゃん、もっとやって。あのね、幽霊が行くとしたらミツくんちだからね！」

「えっ。どうして」

「幽霊って最初に言ったのミツくんでしょ。幽霊さん、聞いていたと思うよ。会いに来るんじゃないの」

言いながら琴美もゾッとしたが、光弘は餡子《あんこ》ではなく辛子《からし》の詰まった饅頭《まんじゅう》を食べたかのように固まり、顔をくしゃりと歪めた。

「そんなことあるわけない！　ないってば。……でも、あったらどうする？　やだ。うげー。学校から出ないで。うちに来ないで。ツユクサ、摘《つ》みに行く」

光弘がおろおろするのは自業自得に思えたが、最後のひと言は予想外だった。

「ダメだよ。何言ってるの」

後部座席のチカも大慌てで光弘の腕を揺さぶる。

「原っぱも川も危ない。行っちゃダメ。絶対に。聞いてる、ミツくん」

「だって」

「だってじゃない。ずっと家にいるって約束して」

「そうだよ。わたしにも約束して」

押し問答をしている間に、車はスピードを落としてきゅっと停まった。

「高井橋はすぐそこなんだけど。ミツくんちはどこだろ。まっすぐ進む？　それとも手前で曲がった方がいい？」

琴美は前を向き指を差そうとしたが、ワイパーも利《き》かないほどの大雨と、ヘッドライトが照らし出すところ以外の暗がりに気圧《けお》された。町はずれの細道なので、すれちがう車もなく家々の明かりもない。

得体の知れない不吉な闇がそこかしこに潜《ひそ》んでいる。

「どうかした？」

運転席からの問いかけに答えられず、琴美は縮こまって自分の手を握りしめる。口をつぐんでうつむいた。

「幽霊ってなんだろう。聞いてもいいのかな」

佐野の言葉に、琴美も光弘もチカも、雨音を撥《は》ねのける勢いで顔を上げた。

2

最初にそれに気づいたのは同じクラスの土屋正樹《つちやまさき》だった。正樹の家は学校から離れた高台の上に建っている。天体観測が趣味で、従兄弟《いとこ》のお下がりという望遠鏡を物干し場に置き、たびたびのぞき込んでいたらしい。

すると三日前、へんなものを見た。日の暮れた夜の七時頃、校舎の二階でゆらゆら揺れている光があった。最初は見回りの先生の懐中電灯だろうと思った。前にも見たことがあるのだ。けれどそのときは光が左端の教室から右端の教室へと飛び、さらに真ん中の教室の明かりがつき、カーテンが大風に煽《あお》られたかのようにはためいた。驚いているといきなり電気が消え、それきり何事もなかったように暗がりに沈み込んだという。

翌日、正樹は学校に来るなり、仲のいい子たちにその話をした。身振り手振りをまじえて語る正樹がおかしくて、琴美は笑っていたが、光弘はだんだん眉根を寄せていく。ちょうどその時間、光弘の姉が小学校のそばを通りかかり、女の人の悲鳴を聞いたというのだ。物が倒れたりぶつかったりするような音も交じっていたらしい。

何かあったのだろうか。訝《いぶか》しんでいると、じっと耳を傾けていたチカが琴美にしがみついてきた。チカは三日前の放課後、忘れ物に気づき、ひとりで教室まで戻っている。琴美もそれは知っていた。付き合おうとしたが、大丈夫、先に行ってと言われ、それきり家にたどり着くまで会わずじまいだった。

お互いによくあることなので気に留めていなかったが、チカは誰もいない三年一組の教室で、妙な気配を感じたそうだ。忘れ物のノートを鞄《かばん》に入れていると、どこからともなく何か聞こえてきた。かさこそ、ことこと、かりかりと、乾いた物音だ。気味が悪くて鞄を摑《つか》んで廊下に出た。

すると数メートル先に誰かいて、となりの二組の教室に入っていくのが見えた。自分のように忘れ物を取りに来たのだろうか。通り過ぎるついでに視線を向けると誰もいない。教室はしんと静まりかえっている。

けれど今、たしかに人影を見たのだ。教室に入っていった。二階なので窓からは出られないし、すべてぴたりと閉じている。出入り口は廊下に面した二カ所だけだ。

「どうかしたの？」

前から歩いてきた上級生が声をかけてきた。チェックのスカートをはいた、たぶん六年生の女の子。

「今ここに誰かいて、中に入っていくのが見えたの。でも教室には誰もいなくて」

上級生は首を傾げながらチカのもとまで歩み寄り、一緒に中を見てくれた。そのまま後方の出入り口から、ふたり並んで入る。人の気配はまったくなかった。机や椅子が整然と並び、黒板も綺麗《きれい》に消されている。

「誰もいないみたいだけど」

「はい……」

見まちがえではと言いたいのだろう。でも、とチカは唇を噛《か》む。上級生は「前の方を見てくるね」と言って、机の間の通路に分け入った。ゆっくりと左右を見ながら通路を進み、教壇の前に立ち、カーテンの向こうに目をやる。黒板を見渡してから教壇の内側をのぞき込み、そこでまっすぐに背筋を伸ばして首を横に振った。

「やっぱりいないみたい」

ほんとうに見たのに。あの人影はどこに行ってしまったんだろう。

腑《ふ》に落ちなかったが言い返すこともできず、うなずいて帰路についた。

その夜に、正樹は妙な光を見た。光弘の姉は悲鳴を聞いた。偶然だろうか。

人影が中に入った教室は、正樹の見た電気のついた教室だった。


「おかしいでしょ。へんでしょ。正樹くんの見た光はなんだったんだろう。ミツくんのお姉ちゃんが聞いた悲鳴は何？　チカちゃんが見たのは誰？」

雨脚はいつの間にか弱くなっていた。事細かく説明しているうちに体がぽっぽしてきて、濡れて冷えていたのが嘘《うそ》のようだ。

琴美が運転席をのぞき込むと、佐野はいくつか聞きたいことがあると言った。

「先生にはこのことを話したの？」

「うん。一昨日《おととい》のお昼休みにすぐ」

「どういう先生？」

「二十八歳で独身で彼女募集中で、顔が四角くて体つきもがっちり四角くて柔道やってたんだって。げじげじ眉毛で目が糸みたいに細くて、ニキビの痕《あと》がいっぱい。でも宿題少ないし、忘れ物しても怒らないし、だいたい優しい先生かな。福本《ふくもと》先生っていうの」

「ふーん。それでその福本先生、なんだって？」

琴美は言いよどむ。チカや光弘は眉根を寄せるだけだ。

「夜の光は見回りがふたりいたからだろうって。悲鳴は学校とは限らない、ちがうところだったのかもよって。チカちゃんが見た人のことは、よくわからないみたいだった。でもあまり気にせず騒ぎ立てない方がいいって」

「その場ですぐ、そう言われたの？」

三人そろって首を縦に振った。

「それで君たちは、奇妙な光、悲鳴、消えた人影を、幽霊かもしれないって思ったんだね」

みんな真剣な顔をしていた。相変わらず外は日没後のように暗い。雨は弱まったが、遠くかすかに雷鳴が聞こえる。空気も地面も震わすような重低音が、雨音をかいくぐって忍び寄る。山の方角がときどき明るくなるのは稲光《いなびかり》だ。今にも空を割るような雷が轟《とどろ》きそうで、全身に力が入る。

「どう思う？　幽霊じゃない？」

「ちがうと思うよ」

「ほんと？」

琴美もチカも身を乗り出し、光弘は立ち上がり車の天井に頭をぶつけた。

「話を聞く限り、福本先生は何があったのかよくわかっているんだと思う。まったく知らなければ、夜の不審な悲鳴や光や放課後の人影について、調べてみようとするはずだ。コトちゃんの話からするといい先生みたいだからね。生徒たちの勘違いと決めつけず、いつもだったら念のためにと考えるだろう。でも今回はすぐに否定して騒ぎを鎮《しず》めようとしている。君たちが心配するようなものではないと、わかっているからだよ」

ほっとすると同時に、先生への不信感が芽生《めば》える。

「どうして先生、ちゃんと言ってくれなかったの」

「君たちを適当にあしらうとか、ごまかすとかじゃないと思うよ。その証拠に、チカちゃんだっけ、君に対して、見まちがいだとは言わなかったんだよね。先生、なるべく嘘はつきたくないんだよ」

「え、あの、お兄さん」

光弘が唾を飛ばす。

「いいよ、佐野で。君たちからしたらお兄さんって年でもないし」

「だったら、佐野くんでいい？　コトちゃんみたいに」

佐野は苦笑いを浮かべてうなずいた。

険《けわ》しい顔つきでチカが割り込む。

「となりの教室に誰かが入ったのは、わたしの見まちがいじゃない？　そうなの？」

「うん」

「でもいなかったんだよ。出入り口は廊下側にしかないから、誰も出ていっていない。掃除道具を入れるロッカーなら隠れられるけど、扉の音はしてないし、そんな時間はなかったと思う。机や椅子の陰も無理。わたしだって後ろからそれぞれの通路は見たもん。誰も隠れていなかったよ」

「隠れ場所として最適なのは教壇の内側じゃないかな。扉もないし、腰を屈《かが》めて移動すれば、人目に付かず潜《もぐ》り込める」

チカは「でも」と大きな声をあげた。

「あの六年生は……」

言いながら泣きそうな顔になる。

「わたしに嘘をついたの？」

中に誰かいたのに、いないと首を横に振った？

「想像力を働かせてほしいんだ。逆の立場で考えてごらんよ。君が廊下を歩いていたら、下級生の子がおろおろしていた。教室に誰か入っていったのに、のぞいてみたら誰もいないと言う。ほうっておくこともできず一緒に探してあげたら、教壇の内側に縮こまっている別の下級生がいた。隠れたい理由、見つかりたくない事情があるのかもしれない。そう思ったら、どうする？とっさの判断だ。ここにいるとは言いづらくない？」

チカはじっと考え込んだのち、不安げに唇を噛んだ。

「わたし、誰ともケンカしてないつもりだけど。佐野くんが言っているのは、隠れている子はわたしに見つかりたくなかったたってことでしょ」

「いいや。君に限ったことじゃない。その子はたぶん、誰にも見つかりたくなかったんだ」

「どうして？」

「それは明日、もう一度先生に聞いてみなよ。幽霊じゃないかと思えて心配でたまらないと、今の気持ちを正直に言えばいい。騒いだりふざけたりせずにね」

稲光をはらんだ雷雲は町に近付かず、山奥に遠ざかったらしい。雨はほとんどあがり、空も明るくなってきた。

佐野は止めていたエンジンをかけ、三人を送り届けるべく車を発進させた。「明日だね、明日」、それを合い言葉に、琴美と光弘とチカはそれぞれの家に帰り着いた。

翌日の昼休み、佐野に言われたように、三人は福本先生に話しかけた。謎の光や悲鳴の件に触れただけで、先生は「しーっ」と指を口元にあてがう。他の生徒には聞かれたくないらしい。使われていない予備教室へと移動させられた。

琴美たちは興奮し過ぎないよう気をつけて精一杯、訴えた。あれは幽霊なんじゃないかと思うと恐《こわ》くてたまらない。幽霊がうちに来ないよう、昨日は大雨の中、川まで願掛《がんか》けに行きかけた。

先生は幽霊と聞いて少し笑ったが、大雨の最中《さなか》の川と言われて目を剥《む》いた。

「とんでもない。あんな雨の中を川にだなんて」

「それくらい恐かったんです」

真剣な顔の三人を見比べ、先生の顔には次第に多量の汗が浮かぶ。

「悪かった。それは先生が悪かった。まさか幽霊に結びつけるとは。君たちの方がよっぽど恐い。頼むから、危ないまねはしないでくれよ。絶対に」

ズボンのポケットからハンカチを取り出し、額《ひたい》や首筋をごしごし拭《ぬぐ》う。

「約束してくれたらほんとうのことを言おう」

三人は顔を見合わせ、約束すると口々に言った。

「大げさな話じゃないんだ。事の起こりは亀だよ」

「亀？」

先生の話によれば、校内には亀を飼っているクラスがある。透明な水槽にネットを張り、水を替えたり餌をやったりしてかわいがっているそうだ。けれどもある日、とある生徒が餌やりをした際、ネットの隙間から亀が逃げ出してしまった。手を洗いに行ったほんのわずかな時間にだ。ネットの張り方が悪かったのだとその生徒は責任を感じ、ひどく落ち込んだ。それを見た先生たちはなんとか探し出そうと夜の校内を探索した。熱心に探すあまり、暗闇で紐《ひも》とヘビを見まちがえて悲鳴を上げた女の先生もいた。

チカが見かけた人影は亀を探す生徒だったのだろうと、話を聞きながら琴美は察した。そしてぼんやりと心当たりが浮かんだ。

となりのクラスに半年前、転校してきた女の子だ。おとなしい子で誰ともしゃべらず、クラスの子とは打ち解《と》けていない。唯一、関心を示すのが水槽の中の亀だそうだ。となりのクラスをのぞいたときに、水槽にぴったり張り付いている彼女を琴美も見たことがある。

脱走した亀は夜のうちにはみつからず、翌朝、同じ種類の亀を飼っている先生が代役を家から持ってきた。生徒たちが登校する前に水槽に入れ、なんとかその場をしのぐことにした。ところが三年一組の生徒が校舎に怪しい光を見ただの、悲鳴を聞いた人がいるだのと言い出し、担任の福本先生は大いに焦った。訴えられてもほんとうのことが言えず、ごまかすしかなかった。

「それで亀は？」

「昨日の夕方、校庭の草むらでみつかった。もうすでに代役と入れ替わっているよ。水槽にいるのは本物だ」

なーんだという声がそれぞれの口から漏れ、琴美もチカも光弘もホッとした表情を浮かべた。

「ミツくんが幽霊なんて言い出すから」

「家に来るかもって言ったのはコトちゃんだよ」

「わたしはミツくんが川に行くって言い出して、その方が恐かった」

「みんな、ごめんごめん。初めからちゃんと話せばよかった。でもそうすると亀の行方《ゆくえ》が気になるだろうと思って」

たしかにそうかもしれない。黙っていられる自信はない。でも解決した今なら黙っていられる。だから先生に告げた。

「今の話、ないしょにしとくね。ミツくんも、ぺらぺらしゃべっちゃダメだからね」

「なんでぼくに念を押すんだよ。チカちゃんは……」

「わたしも言わない。六年生のあの人、きっと優しい人だったんだね」

チカも気づいているのだろう。亀を逃がした生徒が誰なのか。その子がどんな様子で教壇の内側に隠れていたのかも。

琴美自身は転校の経験がない。チカも光弘もそうだ。でももしもここから離れ、見知らぬ土地の学校に突然通うことになったなら、今のようにふるまえるかどうかわからない。

「ありがとう。胸にしまっておいてもらえたらすごく助かるよ」

「胸に」

先生は細い目をさらに細くしてうなずいた。隠すのでも、秘密にするのでもなく、胸にしまっておくという言い方が新鮮で、大人っぽくて気に入った。


事の次第は佐野にもすぐ報告した。だいたいのことは予想どおりだったのかもしれない。原因が亀の逃亡というのは意外だったらしく、愉快そうに驚いた顔をしてみせた。チカが教室で聞いた物音も亀の仕業だったにちがいない。となりのクラスから侵入し、物陰で動いたあと出ていったのか。それとも翌日、誰かが開け放った窓から転げ落ち、校庭の草むらに潜り込んだのか。みつかった場所からすると、後者の線が濃厚だ。

3

その数日後、三週間の住み込みアルバイトを終えて佐野は帰っていった。学校が春休みになるのと入れ替えだったので、琴美たちには残念だった。

また来るよという言葉どおりに六月の梅雨時にもやってきたが、期間は十日と短く、晴れの日は祖父の仕事を手伝い、雨が降ると図書館に出かけてしまった。遊びに来たんじゃないんだからと母に何度言われたことか。

そして夏休み、琴美には再び佐野に聞いてほしいことが起きた。八月のお盆過ぎにやってくると父から聞き、どれほど待ちわびたことか。公民館で開かれた紙粘土《かみねんど》講習会の帰り道、チカと共に門の内側に軽自動車を見たときは、飛び跳ねずにいられなかった。チカも興奮いっぱいに目を輝かせる。互いに手を取り合い、母屋に向かって駆け出した。

二ヶ月ぶりに会う佐野は、その間、仕事で東南アジアに出かけていたと言う。二週間の予定が三週間に延び、連泊した安宿で物盗《もの と》りの被害に遭ったり、治安の悪い地域をそうとは知らず横断してしまったり、現地の小学校でほんの二日ながらも日本語を教えたり、村の長老からふるまわれた酒を飲んでひっくり返ったりしたと、いろいろ土産《みやげ》話をしてくれた。

それを聞きながら、母の作った焼きそばやおにぎりをチカと一緒に食べ、後片付けや何やらで母と祖父が座敷から離れたすきに、琴美は少し気後れしながら佐野に近付いた。

「どうかした?」

「あのね、ちょっと、聞いてほしいことがあるの」

日に焼けて前よりさらに精悍《せいかん》な風貌になった彼は、目を見開いたあと、白い歯をのぞかせた。

「また何かあった?」

一気に距離が縮まる気がした。「また」という言葉を使ってくれたのだ。

「亀は元気?」

「元気元気。あのあと転校生の子も少しずつしゃべるようになって、ときどき笑っているのを見るようになった。四月の組替えで、またちがうクラスになっちゃったんだけど」

「それはよかった」

「でもまたわけのわからないことが起きて、佐野くんにも一緒に考えてほしいの」

佐野はすぐにはうなずかず、ちらちら台所へと目を向ける。祖父は冷蔵庫の中身を点検したのちトイレに行き、母は食器洗いをしている。そのあと茹《ゆ》でるのかもしれない。泥の付いたほうれん草が足元にあるので、これから洗うのだろう。

「来たばかりだから、いつ、どれくらい時間が取れるかわからないんだ。今回は時間を作って調べたいこともあるし」

野良仕事は朝が早いので琴美が起き出す頃には畑にいる。日中の空き時間は休憩したいだろうし、調べ物もあるようだ。夜は祖父がいる。琴美が秘密裏に話をするのはむずかしい。

このままでは六月のときのように、ろくに話もできず帰る日になってしまう。琴美がじれったく歯噛みをしていると、チカが「それなら今」と言い出した。

「ミツくんのおばあちゃんの部屋から、だいじな指輪と手紙がなくなったの。おばあちゃんはミツくんのお母さんがどこかにやったようなことを言うし、お母さんはおばあちゃんが自分でどこかにやったと言うし。でもミツくんは、なくなったとき、ふたりとも家にいなかったって言うの。誰もいない家の中で、指輪と手紙がなくなったって。おかしいでしょう？」

一気にしゃべり、小さな口元をきゅっと引き締める。佐野は目を瞬《しばたた》き、琴美も驚いた。口数が少なく引っ込み思案なチカが、とても簡潔な状況説明をやってのけたのだ。琴美は心の中で拍手を送る。

「指輪と手紙か。なくなったのはいつ？」

佐野の問いに、琴美が答えた。

「この前の木曜日の昼間」

「今日が火曜日だから五日前か。まだみつかってない？」

　琴美とチカはすばやくうなずく。

「飼っている猫や犬がどこかに持っていってしまったのではなく？」

「ミツくんちには文太《ぶんた》っていう猫が一匹だけいるの。でも文太は仏壇にはあがらない。火の点《つ》いた線香で火傷《やけど》して以来、仏壇も線香も大嫌いなんだって。だからおばあちゃんもそこに置いといたみたい」

「ふーん。なるほど。でももうちょっと詳しく聞かないとなんとも言いようがないな」

「でしょう」

　ふたりの声がそろったところで祖父がトイレから戻ってきた。二階でくつろぐよう佐野に声をかける。畑には夕方からと言っていたので、今日はそこからずっと一緒なのだろう。琴美にとっては親戚のお兄さんのようだが、アルバイトとして仕事はいろいろやらなくてはならない。祖父の補佐をすれば十分というゆるさもあるけれど。

　佐野は言われたとおり、いつもの自分の部屋に引き揚げようとして、琴美たちに目配《めくば》せした。「わたしたちも行こう」と言って彼のあとを追いかけた。

「一時間くらい休憩するから、二時の待ち合わせならいいよ。日陰のある場所に心当たりある？」

「うーんと。高井橋のそばにある仲良し公園は？」

川縁《かわべり》の小さな公園だ。まわりに太い木々が生《お》い茂っているので、多少は暑さがやわらぐ。

琴美とチカはひとまずチカの家に向かった。お昼を琴美宅ですませたことを伝え、午前中の紙粘土工作を披露し、家にはあがらず光弘のもとに急いだ。

待ち合わせ場所を高井橋近くにしたのは、光弘を呼び出したかったからだ。

十年前に亡くなった光弘のおじいさんは小学校の先生をしていた。定年前の数年間は校長先生をしていたそうだ。その影響なのか、光弘のお父さんは小田原市内にある私立高校の先生をしている。お母さんは同じく小田原市内の保健所で働いている。夏休みも忙しそうだ。

光弘の家は農家ではないが敷地の広い一軒家で、一階の和室二間がおばあさんの部屋。両親の寝室や子ども部屋は二階にある。台所や居間は一階。琴美からするといつもわいわいにぎやかな家だ。妹の寿々子《すずこ》が活発な子なのでそう感じるのかもしれない。

夏休みでも妹は保育園に行っているので平日の昼間はいない。姉の彰子《あきこ》は吹奏楽部の練習がびっしり入っていて、ほとんど毎日弁当を持って学校に行く。運動部は大変と思っていたが、彰子の様子を聞く限り吹奏楽部もかなりのものだ。

光弘の家にたどり着いてチャイムを押したが返事はない。出るのが面倒くさくて居留守を使っているのだろう。よくあることなので、家のまわりをぐるりと回って庭に出た。光弘の家は玄関が北側の道路に面している。庭が南向きに開けているのだ。広縁《ひろえん》のガラス戸は開け放たれていた。歩み寄って室内をうかがえば、耳をすますまでもなくテレビの音が聞こえてきた。

名前を呼び、こちらに気づいた光弘を、まずは広縁まで引っ張り出す。佐野の到着を告げ、おばあちゃんの指輪と手紙の紛失について、おおよそのところを話したと伝えた。もっと詳しいことを知ってもらうために、これから会うのだと付け足す。

歩いてきたので暑いし、話しているうちに喉も渇いた。水がほしいというと、冷たい麦茶だけでなくアイスキャンデーも持ってきた。こういうところは気が利く。広縁は日差しが当たり暑くてたまらないので、大急ぎで麦茶を飲み干し、庭の藤棚の下に移動した。

葉が茂っているので日陰になっている。アイスキャンデーは生き返るように冷たくて美味《おい》しいが、かじっている間にも溶けてゆるむのでのんびりしていられない。舌で受け止められなかった雫《しずく》がぽたりと落ちる。服ではなく地面に落ちたので汚れずにすんだ。数分もすればアリが行列を作るだろう。

広縁ではバナナもいるかと光弘が聞いてくる。時計を見れば約束の二時まであと少し。もう行こうと藤棚の下から声を張り上げた。

すでに皮を剥いて食べ始めている光弘に、戸締まりするよう急《せ》き立てる。おばあちゃんは松田町《まつだまち》にある文化センターまで出かけているそうだ。

仲良し公園は滑り台と水飲み場とベンチだけの小さな公園だ。蟬時雨《せみしぐれ》を嫌というほど浴びていると佐野が自転車を走らせてやってきた。野良仕事用の麦わら帽子をかぶっている。ミツくんこんにちは、暑いねえと言いながら額の汗を拭う。

公園よりも暑さがしのげるのは河原だ。橋の下まで回り込めば日陰もあるし、浅瀬で水浴びもできる。琴美が提案すると、佐野は目尻の皺《しわ》を深くしてうなずいた。鼻の頭の皮が剝けている。さっそく自転車を公園に置き、雑草を搔《か》き分けて細い坂道を下りていく。

沢戸川《さわとがわ》は、上流には山間を縫うような渓流《けいりゅう》もあるが、琴美の住む白沢町では川幅も広がり、右に左にゆったりと弧を描いている。

のどかな眺めとは裏腹に水の流れは速く、大雨による川の氾濫《はんらん》は過去に何度も起きているそうだ。ここ数年は落ち着いているが、琴美たちも物心つく頃から「川は恐い」「川に気をつけろ」と言われ続けて来た。流されて亡くなった人の話を聞かされ、あまりの生々しさに夢でうなされたこともある。

とは言え、ふだんは広い河原に挟まれ行儀よく流れている。緑の山々と同じように慣れ親しんだ眺めであり、手足で触れることのできる自然だ。強い日差しを忘れて、琴美たちは水辺に近寄った。

サンダルを脱いで浅瀬に足を入れる。はしゃがずにいられない冷たさだ。服を濡らさないよう前屈みになって両手を水につける。パシャパシャやってから、ほてった頬や首筋に手のひらをあてがった。川面《かわも》には無数の光が煌《きら》めいている。

「きれいな水だね」

佐野もサンダルを脱ぎ捨て、水に入っていた。ズボンの裾はたくし上げている。

「穏やかそうに見えるけど流れは速い。川で泳いだりはしないのかな」

「深くなっているところがあるから絶対ダメと言われてるの」

「そうだね。川は気をつけなきゃいけないね。雨が降れば一気に増水するだろうし。そういえば三月に会ったとき、大雨で学校まで迎えに行ったら、車の中で川に行くとかツユクサとか言ってたろ。あれはなんだったの？」

てっきり話したと思っていたが、まだだったらしい。琴美は光弘に視線を向けた。いかにもバツが悪そうな顔をしている。

「願いごとがあったときにするの。神さま、どうかお願いしますって」

「何を、どんなふうに」

「笹舟《ささぶね》って知ってる？　笹の葉っぱで作る舟。それにツユクサの花をのせて、川の流れにそっと置くの。目を閉じて願いごとを言って顔を上げたとき、舟が沈まずぷかぷか浮いていたら、願いごとは叶《かな》うんだって」

佐野は「ほう」と口笛を吹くように唇をすぼめた。

「それはこの地方に古くから伝わる風習？」

「ふうしゅう？」

「昔からの習わしと言うか、みんながやってる習慣みたいなもの。神社に行ったら賽銭箱《さいせんばこ》にお金を入れて拝むだろ。ああいうの」

風習の意味はだいたいわかったが、ツユクサの件はうまく答えられない。

「琴美ちゃんは誰に教えてもらったの？」

「お父さんかな。でも、ミツくんかな」

「ぼくはお姉ちゃんがやってたから……」

チカも曖昧《あいまい》に首を傾げる。考えたこともなかったのだ。賽銭箱にお金を入れるのも、見よう見まね。ツユクサもそんな感じ。

「今度、ちゃんと調べてみるよ。もしかしたられっきとした謂《い》われや背景があるのかもしれないから。お百度参りって知ってる？　真夜中の神社で百回お参りをするという願掛けの風習なんだ。いろいろ厳しい決まりがある上に百回だよ。大変だろ。それに比べればツユクサの舟というのは綺麗で風情《ふぜい》がある。絵になる願掛けだね」

褒められるとなんとなく気分がいい。手足がまた熱くなってきた。日陰を求め、サンダルを履いて橋まで歩く。

「風情はあるけど、川が増水してるときはたしかにとても危ないね」

「でしょう。だからあのときもぜったいダメってミツくんに言ったの」

「だってさ、幽霊、来たら大変じゃないか」

「お願いして、舟がそのまま流れていったら、ほんとうに望みは叶うの？」

「そうじゃないときもあるかもしれないけど、昨日のは叶ったよ。佐野くんが早く来ますようにって祈ったの」

四人が収まるだけの日陰をみつけ、そこに入ってひと息つく。琴美とチカは橋脚にもたれかかり、光弘は大石を見つけて腰を下ろし、佐野は立ったまま足元の石を突《つつ》いている。

「来るのを待っててくれたのか。ミツくんのところで変な出来事が起きたんだったね」

光弘はうなずき、琴美たちの視線に気づき、背中を押される感じで口を開く。

「うちのおばあちゃんがだいじな指輪……。えっとなんだっけ。ダイヤではなくて」

「アメジスト。紫色の宝石」

「そうそう、その指輪と手紙を、仏壇に置いといたらなくなったんだ」

先週の木曜日の午後、光弘の祖母は公民館でやっている俳句教室に出かけた。その前の午前十一時から、光弘の母は妹を連れて小田原のデパートに行っていた。母の休みが取れたのだ。光弘も誘われたが、買い物に付き合わされるのは嫌で断った。

昼食は祖母と取り、午後一時頃、祖母が出かけたあとに本棚作りを始めた。玄関脇の駐車場に作業台を置いて、夏休みの工作だ。のこぎりを使って板を切らねばならず、外でやるよう前々から言われていた。車がなくなると駐車場は広さとしてちょうどいい。

途中で小腹《こばら》がすき、お菓子を取りに家の中に入った。狙いを付けているものがあった。祖母の部屋に置いてあるもらい物の洋菓子だ。前日に見せられ、また今度ねとお預けになっていた。包装紙を外し箱のふたまで開けていたので、ひとつくらいなくなっていてもわからないだろう。

誰もいないのをいいことに、光弘は祖母の部屋に行き、整理ダンスの上に置かれた菓子箱を下ろした。あとで気づかれないよう少しずつずらし、バームクーヘンの個別パックをふたつ取る。元の場所にそっと戻したとき、何気《なにげ》なしに仏壇を見た。線香立ての横には封筒と指輪が置かれていた。

その後、三時過ぎに母と妹が帰ってきたが、友だちのお母さんに届け物があると言ってすぐ出ていった。四時過ぎ、祖母と母たちが相次いで帰宅。光弘は何食わぬ顔で、お菓子の件がバレなければいいなと思っていた。

間もなく、自室に引っ込んだ祖母が険しい顔で居間に現れた。指輪がなくなったと言う。とっさにあの菓子の名前は指輪だったかと思ったが、もちろんそんなわけはなかった。

「出かけるとき仏壇に置いた。まちがいない」と祖母。「悦子《えつこ》さん、知らない？」と母に聞き、母の顔つきが一変する。

「ぜんぜん知りません」と否定した母は、「ちがうところにあるんじゃないですか」と口を尖《とが》らせ、祖母はムッと鼻の穴を膨《ふく》らませた。

光弘も妹も心当たりはないかと尋ねられ、夢中で首を横に振った。

居間や台所をバタバタと探し回る祖母に、母が苛立《いらだ》って、祖母はこれみよがしにため息をつく。ぴりぴりした雰囲気に耐えきれず、光弘は自分の見たことを打ち明けた。祖母の出かけたあとも手紙と指輪は仏壇にあった。祖母が紛失に気づく前、母や妹は祖母の部屋に入っていない。

言葉を尽くして説明したのにうまく伝わらず、うさん臭そうな顔をされただけだ。なぜ祖母の部屋に入ったのかとしつこく聞かれ、菓子の件を白状させられた。いつも以上に怒られた。

「つまりミツくんが指輪と手紙を見てから、それがなくなるまで、家には誰もいなかったんだね」

佐野に言われ、光弘の頭が大きく縦に上下した。

「ぼく、ずっと駐車場にいた。入っていく人は見てない」

「お父さんはなんて言ってるの？」

「お母さんと話しているのが聞こえたんだけど、指輪はそんなに高いものじゃないんだって。手紙も最近、おばあちゃんの友だちから来たもので、珍しくもなんともない。だから、わざわざ泥棒が入って盗むなんてありえない。やっぱりおばあちゃんの勘違いだろうって」

「おばあちゃんはなんて？」

「亡くなったおじいちゃんからもらっただいじな指輪だから、早くみつかってほしい。でも泥棒が入ったかどうかは考えるだけで恐いから、もう言わないでって」

佐野は慰《なぐさ》めるように「そうかあ」と柔らかい声をかける。

「状況はわかったけど、今の話だけではなんとも」

「わからない？」

「ごめんね」

幽霊の正体を見抜いたような名推理《めいすいり》は働かないらしい。あっさり謝られ、琴美はふたりのやりとりに割って入った。

「大変なのはミツくんちだけじゃないの。うちやチカちゃんちも大変なの」

「どういうこと？」

「チカちゃんちはおじいちゃんが自分ちにも泥棒が入ったのかもしれないと言うし、うちは空き家に誰かいるかもしれないから調べてほしいと言われて、すごく困っている」

指輪と手紙の紛失が家の人の勘違いでないのならば、物盗りの仕業になる。考えるだけで恐いと言いつつ、光弘の祖母は近隣住民に事の次第をこぼしたらしい。それを聞きつけ目の色を変えたのがチカの祖父だ。自分も数日前、自宅に置いてあった現金をなくしている。勘違いだと思っていたが、盗られたのかもしれないと。

実は、平和な集落に降って湧いた空き巣騒動というわけではなかった。七月にも住民の金品がなくなる出来事が起きていたのだ。犯人はとなり村の農園で働いていた季節労働者だった。仕事がきつくて飛び出したものの、着の身着のままで家に帰る資金もない。琴美たちの町までやってきて空き家に潜り込み、そこかしこで食べ物や小銭をくすねていた。たまたま鉢合わせした住民からの通報で、警察が捜査に乗り出したがみつからず、空き家に人影を見たとの声を受け、地元青年団が様子を見に行き発見。逮捕に至った。

このとき青年団の一員として犯人を捕まえ、組み伏せたのが琴美の父親だ。学生時代は柔道部に在籍していた。とっさに体が動いたそうだ。本人はたまたまのまぐれであり、あんなことは二度とできないと言っているが、武勇伝は独り歩きし、今回の件でもすっかりあてにされている。また空き家に人がいるんじゃないか、あそこが怪しい、ここが怪しい、見てきてほしいと再三せっつかれている。

「お母さんは怒っているの。警察官でもないのに、なんでそんなことしなきゃいけないのって。相手がすごく悪い人だったらどうする、怪我《けが》したら責任取ってくれるのかって」

「ごめんね、コトちゃん。一番うるさいのはうちのおじいちゃんだよね」

「チカちゃんがあやまることないよ。うるさいのはみんなだから」

琴美からすれば母の言い分はもっともだ。父に危ないまねをしてほしくない。「居直り強盗」という言葉も最近知った。何かあってからでは遅いのだ。

けれどまわりは母のことを悪く言う。気が強いとか、口うるさいとか、かわいげがないとか。母を庇《かば》うことなくへらへらしている父や祖父にも腹が立つ。なぜもっとびしっと言い返さないのか。見回りなんか、全部断ればいいのに。

そういえばと佐野がつぶやく。

「変わりがないですかと聞いたら、コトちゃんのお母さん、顔を曇らせていたな。何も言わなかったけど、言いたいことがある雰囲気だった」

「佐野くんが来たらきっと巻き込まれるって心配してたよ。断っていいからね。お母さんも言ってた。危ないことしないでね」

ありがとうと微笑んでから、佐野はチカに話しかける。

「もしも泥棒がいたとして、チカちゃんのおじいさんには心当たりがあるのかな」

「うちのおじいちゃん？　ないと思う。お金がなくなったって言うの、初めてじゃないし。でもうち、昔は土地をいっぱい持ってて、季節ごとに人を雇っていたんだって。それを思い出して、中にはとんでもないのがいるからって。なんかすごく騒いじゃってるの」

「心当たりがちょっとはあるのかもしれないね。指輪は価値があるように見えたのかもしれないし、手紙も、封筒の中にお金があると思われたのかもしれない。だったら空き巣の線も捨てがたい。ぼくも少し調べてみるよ」

取り合ってくれないのかと落胆しかけていたので、佐野の言葉は手放しで嬉しかった。しかも、自ら光弘の家を見てみたいと提案してくれる。三人は思わずはしゃいで飛び跳ねた。

光弘の家に着くと、佐野はすぐには玄関に入らず、生《い》け垣《がき》の周囲を歩いて回った。小さな葉と枝がぎゅっと密集した緑の生け垣だ。琴美の背よりも高い。分け入るのも飛び越えるのも簡単ではなさそうだ。

「ところどころ枯れて隙間になっているところがあるけど、入れるような幅はないね。無理やり入ったら枝が折れるだろうし」

駐車場を確認したあと、建物に沿って庭へと向かう。光弘は家に入ってしまった。ジュースでも飲んでいるのだろう。藤棚の下には野良猫が寝そべっていた。見慣れぬ人たちがやってきたのに逃げることもなく、体を起こして睥睨《へいげい》するだけだ。

光弘が庭に面したガラス戸を開けた。佐野と琴美とチカはサンダルを脱ぎ、広縁から中に入った。出かけているのをいいことに祖母の部屋も見せてもらう。二間のうち北側が仏《ぶつ》間《ま》兼寝室。南側が日中くつろぐ部屋だ。

仏間には大型の仏壇が鎮座し、年代物の風格を漂わせている。琴美の家にもチカの家にも似たようなものがあるので珍しくもないが、しげしげ眺めると金箔《きんぱく》の分量も内部の装飾も異なる。

手紙と指輪は中段の左側に置かれていたそうだ。いつの頃からか光弘の祖母はだいじな品をそこに置いていたとのこと。佐野は手紙についての詳細を祖母から聞き出すよう、光弘に言った。行き当たりばったりの空き巣ならば金品だけが目的だろうが、そうでなければ手紙の内容に意味があるのかもしれない。

俄然《がぜん》、興味が湧く。何が書いてあったのだろう。琴美が密《ひそ》かに興奮していると、足元に気配を感じた。文太だ。四歳の雄猫で、まるまる太って貫禄《かんろく》十分。冬は暖かな南の広縁でひなたぼっこをしているが、夏は涼しい仏間で寝転がっている。

突然やってきた珍客は迷惑以外の何ものでもないらしい。不機嫌そうにのそのそ歩くのですみやかに退散した。変な人たちが入ってきたと、告げ口しないのがいいところだ。


翌々日、午前中の畑仕事と昼過ぎの納屋掃除を終えた佐野から、琴美は声をかけられた。母屋の二階で待っていると言われ、大急ぎで光弘やチカを呼び寄せた。

南と東に窓があるので風通しの良い部屋だが、扇風機もフル稼働だ。祖父の台所から麦茶とかりんとうを持ってきた。

手紙の件は光弘からすでに聞いていたが、佐野への報告はまだだった。

光弘の祖母はこの集落の出身で、今でも近辺に小学校の同級生が住んでいる。そのうちのひとり、山本則子《やまもとのりこ》さんは長いこと独り暮らしを続けていたが、半年前、千葉県に住む娘の家の近くに引っ越していった。

なくなったのはその則子さんから届いた手紙だ。近況報告に加え、娘や孫と撮《うつ》した写真が入っていたという。

「のりちゃんが元気そうでホッとしたって、おばあちゃん、少し笑顔になってた」

光弘の話はそこで終わる。微妙な沈黙にしばし包まれた。

「やっぱり関係ないよね。誰が読んでもぜんぜん平気な、ふつうの手紙だっていうし」

「それならどうして仏壇に置いてあったんだろう」

「今度、同級生たちと温泉に行くんだって。八月の終わりは旅館が安くなるらしい。そのとき、みんなに写真を見せるつもりで、忘れないように置いといたみたい。指輪もしていくつもりだったんじゃないかな」

「おばあちゃんの同級生ってどんな人がいるの？　ミツくんも知ってる？」

佐野に尋ねられ、光弘は考え込む顔になってかりんとうを咀嚼《そしやく》する。続けてふたつ、三つと口に入れるので、琴美は菓子盆を遠ざけた。

「滝山《たきやま》のおじさんがそうだけど、おじさんは温泉に行かないかな。女の人だけなんだって。おばさんは行くんだと思う。あとは駅前食堂の角煮おばさんとか。豚の角煮がすごくおいしいんだ。神社でおみくじ売ってるみっちゃんおばさんとか」

「豚の角煮、知ってるよ。たしかにおいしいね。鯵《あじ》フライやブリ大根も」

「でしょ。カツ丼もおすすめ」

すぐに脱線して食べ物の話になるので、「佐野くんの方は?」と聞いてみる。

「ぼくの方もめぼしい報告がなくて。コトちゃんのお父さんやおじいさんに聞いたら、ふたりとも曖昧なんだ。空き巣がまた出たと言われ、被害があったなら交番に掛け合うよう言ったのに、住民たちで目を光らせなきゃと押しきられたそうだ。角が立たないよう、渋々付き合ってるみたいだね。昨日はぼくも森下《もりした》地区の廃工場に行ったんだよ。人影を見たという目撃情報が寄せられたらしい。昼間だったから、コトちゃんのおじいさんとぼくと床屋さんの三人で。何もなかったけどね」

佐野が言うには、積極的なのはほんの数人で、あとは義理で付き合っているようだ。七月の事件のときとちがって被害が多発しているわけではない。財布や農作物、農機具などがなくなったと言う人はいるが、よく聞けば農作物はタマネギのひと袋だったり、農機具は錆《さ》びた鍬《くわ》や朽ちた長靴だったり。財布に至っては後日、自宅の中でみつかったらしい。

一番の被害はチカの祖父が盗られたという五万円だ。銀行の袋に入っていたと言う。チカの祖父はたびたび鼻息荒く語るが、これも今ひとつ信憑性《しんぴょうせい》に欠ける。以前も似たような騒ぎがあり、本人の勘違いだったのだ。

「またおじいちゃんのまちがいじゃないかな」

チカはそう言って、いかにも肩身が狭そうに目を伏せる。

「まだわからないよ。七月の犯人は、農園で働いていた人なんだよね。チカちゃんのおじいさんもひょっとしたらと思うことがあるのかもしれない」

「そうかな」

「もしよかったら、チカちゃんちで以前働いていた人の名簿とか、見てみたい。犯人はこのあたりに土地勘があるってことだよね。気になるんだ」

「でもほんとうにすごく昔のことよ。お父さんが小さかった頃みたい。おじいちゃんの古い手帳なら見たことあるけど。何をいつ植えたとか、そのときの天候とか。人の名前は書いてあったかなあ」

「それ、どこで見た？」

「外の作業小屋の中。いろんな物が詰め込まれててごちゃごちゃしてるの」

チカは尻込みしたが、佐野は自分が探すと快活に笑った。佐野にとっては、昔の日記や手帳はとても面白くて興味深いそうだ。中身を見るときはおじいちゃんに許可をもらうからと楽しげだった。

佐野がやる気をなくさないのはいいことだが、紛失事件に進展がないのはもどかしい。光弘も元気がない。この頃おばあちゃんはふさぎ込んでいるらしい。

「公民館で会ったときはすごく元気だったんだけどな。わたしとチカちゃんは押し花作りをしていたの」

粘土や押し花や星空の観察など、毎年夏休みは公民館で子ども向けの教室が開かれる。

「ミツくんのおばあちゃんは別の教室で、俳句だったたっけ。押し花はロビーに机を出してやってたから、通りがかりに『あら素敵ね』って。サルビアにナデシコ、ツキミソウ。花の名前をひとつずつ言って、こういう野の花は刺繍《ししゅう》にしてもおしゃれなのよって」

話しながら琴美は自分の片手を首元にあてがった。みんなの視線が注《そそ》がれているのに気づき、手のひらを撫《な》でるように動かす。

「女の人がこうやって首に巻く布、なんだっけ」

「スカーフ？」

佐野の言葉に記憶が刺激された。

「そうそう、それ。友だちから届いた写真に刺繍のきれいなスカーフが写っていたんだって。おばあちゃん、嬉しそうだったよ」

「俳句教室は木曜日だ。先週なら、ちょうどその日に手紙がなくなったんだよ」

光弘が興奮気味に言い、チカも話に加わる。

「わたしも覚えてる。あのとき、そばにいた押し花教室の先生がポーチを見せてくれたの。野の花の刺繍なら、私も持っているって。レンゲの花に蝶々《ちょうちょう》が飛んでる刺繍だった」

「お店で買ったと言ってたね。どこだっけ」

「小花屋《こばなや》さん。只見町《ただみちょう》のワッフル屋さんのそばにある雑貨屋さんで、コトちゃん、行ったことない？　うちはお母さんがそういうの好きで、わたしも行ったことがあるんだ。ミツくんのおばあちゃん、先生の話を聞いて、写真にあったスカーフもあそこで買ったのかもしれないって言ってた。小さな声だけど聞こえたの」

琴美もその店は知っている。ワッフル屋さんに行くときに見かけた。でも中に入ったことはなかった。

「きれいなスカーフをしている同級生の写真が、手紙ごとなくなっちゃったかもしれないんだね。だったらおばあちゃん、かわいそう」

琴美が言い、光弘もうなずく。

手がかりらしきものが拾えたような気もしたが、写真そのものの行方もわからない。捜査会議にも作戦会議にもならず、汗を掻きながら扇風機に当たっただけで終わってしまった。

4

翌日は朝から黒い雲がまだらにたれ込み、ときどき激しく雨が降った。野良仕事は休みになり、佐野の車は九時過ぎに出ていった。本来の、物書きとしての用事らしい。三時頃に戻ってくると、今度はチカの家の作業小屋を見たいと言う。

買ってもらったばかりの漫画を読んでいたので家にいたかったが、相談を持ちかけた手前、嫌とも言えず案内した。雨はあがっていたがそこかしこに水たまりができている。それらをよけながらチカの家を訪ね、外で待つこと数分、出てきたチカに連れられ家の裏手にまわった。

そこには手入れされていない空き地があり、雑草の間に木材や土嚢《どのう》が積み重ねられていた。昔は作物の仕分けや種子の栽培が行われていたという。トラクターで踏みしめられたような細い道が雑木林へと続き、その向こうに大きな田畑が広がっていたそうだ。

空き地の隅にある作業小屋もしっかりした造りで、チカの説明によれば鍵はかかっていないらしい。雑草を掻き分けるようにして歩み寄り、何度もガタガタやって引き戸を開けた。

しけった空気が充満していた。壁に沿って棚が設《しつら》えられ、雑多な品が詰め込まれている。古びた鍋釜や埃《ほこり》をかぶった箱類、ビニールシート、紐で縛った新聞紙。雑誌、電話帳のようなもの。窓は二カ所にあるが汚れて磨《す》りガラスのようだ。

「ここでみつけたの」

チカは戸口から指を差すだけだ。佐野はためらう素振《そぶ》りも見せずに足を踏み入れた。古い雑誌類が嬉しいらしい。しばらくここで読ませてもらうと白い歯をのぞかせた。

手伝わなくてもよさそうなので、引き戸を開けたまま琴美たちは空き地で遊び始めた。木材の上に登ったり、ベニヤ板の一枚を斜めに立てかけて駆け下りたり。それも飽きると縄跳びを持ってきて、二重跳びの練習をした。

途中で様子を見に行くと、佐野は木箱に腰を下ろし昔の週刊誌をめくっていた。もうしばらくここにいると言うので、女の子ふたりは一足先に帰ることにした。


夕飯は佐野がいても基本的に母屋とは別々だ。祖父は簡単な料理ができるので佐野の分も作っているし、佐野もだいたいなんでも自分でできる。

琴美は大根を剝いたり切ったりしている母の横で、二重跳びの成果を語りつつ、先日来にわかに気になっている雑貨店、小花屋のことを話した。

わたしも行きたいと訴える。ワッフルを食べるついでに寄りたいので、連れていってとエプロンの裾を引っぱる。いつもだったらこの手の誘いに乗りやすい母だが、今日の反応は鈍《にぶ》かった。小花屋さんねえと眉をひそめる。

「コトには話さなかったけど、この前、行ったのよ」

「えー。ずるい」

「ワッフル屋さんには行ってないわよ」

母は町内会の当番という形で神社の秋祭りに関わっている。町内に祀《まつ》られている氏神《うじがみ》さまの神事ではなく、白沢町の中央に位置する白沢神社で行われる大がかりなお祭りだ。各町内から手伝いが派遣される。

　その打ち合わせの帰り道、同じ方向の数人と歩いていると小花屋の話題が出た。道すがらだったので、話の流れで立ち寄った。小花屋の店主は若い女性だ。奥に工房があり、オリジナルデザインの作品を製作し、店で売っている。小間物《こまもの》以外はほぼ一点物。壁飾りもコサージュもバッグもショールも大人気だと、店主は愛想良く微笑んだ。

たしかに花柄であっても甘すぎず、エレガントでモダンなデザインは大人の女性に似合いそうだ。都会風に洗練されている。小さな田舎の集落には不釣り合いの店に思えるが、その分、開店資金は安かったはずだと同行者は訳知り顔で言っていた。値段を見ると手作り品だけあって高い。

　千円以下で買える小間物を見ていると、店主が華《はな》やいだ声を出した。一緒に入った女性のひとりが知り合いらしい。

　買い物よりも雑談の方が面白そうなので耳を傾けると、その女性のご主人があるときひとりでやってきて、店頭に飾ってあったスカーフを買い求めたと言う。記念日か何かだったのでしょうかと店主は無邪気に笑った。奥さんへのプレゼントだと思ったのだろう。

けれど、言われた女性は人違いでしょうと手を横に振った。うちの人はこんなしゃれた店に入るような人じゃないし、記念日だのなんだのって柄《がら》でもない。それ、ちがう人よ。

店主はきょとんとした顔になったが、すぐに頭を下げて申し訳ありませんを連発した。人の顔を覚えるのが苦手なのに早合点《はやがてん》する癖があると、すまなそうに詫《わ》びる。まわりからもあの旦那さんに限って花柄はないわ、そんなに気が利いていたら世話ないと笑い声が起きた。その女性も「ねー」と、芝居っ気たっぷりに肩をすくめて笑った。その場は丸く収まったけれどもと、琴美の母はため息をつく。

「誰が何を買ったかなんて、お店の人は絶対に言っちゃいけないのよ」

「まちがったりするから?」

「まちがってなくてもダメ。言われた人、帰ってから旦那さんを問い詰めたと思う。まさかひょっとしてと、女性は考えてしまうもの。夫婦げんかになったんじゃないかな」

「どうして」

「自分以外の誰かに贈り物をしたと考えたら腹が立たない? スカーフならきっと女の人よ」

琴美は目を瞬く。

「でも、まちがいみたいなのに」

「それを証明できればいいけれど。ちがうのひと言で、奥さんは納得するかしら。旦那さんも気の毒よね。いい迷惑。そんなこともあるから、うっかりではすまされないの」

次第に熱を帯びる母の剣幕に押され、琴美はうなずいた。

チカはこの話を知っているだろうか。話したくてうずうずしていると翌朝早く、光弘が自転車を走らせてやってきた。指輪が見つかったと言うのだ。

ツユクサツユクサと上気《じょうき》した顔で騒ぐ。何かと思ったら、元気のないおばあちゃんを見かねて、早くみつかりますようにとツユクサに願いごとを託し今朝、川に流したそうだ。笹舟は水に飲まれてしまったが、目を開けたとき一瞬、浮いているところが見られた。叶うんじゃないかと期待して家に帰ると、縁の下で猫がケンカしていた。

飼い猫の文太と野良猫の争いだ。激しい唸《うな》り声を上げ、ドタバタ音を立てて駆け回り、おそらくは引っ掻き合っている。文太の陣地である縁の下に野良猫が入り込み、けんかが始まったらしい。

光弘は文太の名前を呼びながら、箒《ほうき》で二匹を離そうとした。じゃれ合いならばともかく壮絶な争いは怪我をしかねない。巻き添えを食らわないよう、へっぴり腰で仲裁に入っていると、野良猫が転がるようにして出てきた。文太も追いかけてくる。今度は庭先でもみ合いになり、文太が攻撃をゆるめた瞬間、野良猫はぱっと身を翻《ひるがえ》し逃げ去った。

やれやれと思いつつ、光弘は箒を片付けようとして、庭のすみっこに目が留まった。猫たちが縁の下から転がり出てきた場所だ。歩み寄りのぞき込んで驚いた。薄紫色の石を付けた指輪が落ちていた。

「やっぱり猫だったの？　仏壇には上がらないって言ったじゃない」

「上がらないよ。今まで一度も見たことない。でもやっぱり、文太が縁の下に持っていったってことかなあ。もしかしたらあの野良猫かも」

見つかったことを喜んでいたのに、琴美に責められ光弘はしどろもどろになった。

「手紙は？」

首を激しく横に振る。

「お父さんが調べたけど、縁の下に手紙はなかった」

玄関先で光弘の話を聞くと、琴美はサンダルを突っかけ外に出た。光弘を急かし、祖父が耕す畑へと向かった。八月の下旬。畝《うね》にはネギが整然と並んでいる。ナスやトマトもまだあるが、真夏ほどの勢いはない。佐野のいるうちに、秋冬に向けて作物の植え替えをすませたいと言っていた。今度は白菜や大根が主流になる。

遮《さえぎ》るものがないので畑は見晴らしがいい。人影はすぐに見つかった。収穫したネギをリヤカーに載せ、軽トラに運んでいる。午前中に一回、休憩を取るはずだ。まだだろうから手伝ってその時間をもらおう。

畦道《あぜみち》を駆けていくと祖父が気づいて片手を上げた。軽トラの荷台には泥付きネギが山盛りになっている。

「どうしたんだ。何かあったか？」

「佐野くんに用事なの。わたしとミツくんも手伝うから、あとで話してもいい？」

「うろちょろされてもなあ。その服、汚れても叱られないかい？」

言われてしまったと思う。畑仕事を手伝うことはたまにあるが、そのときはちゃんと汚れても構わない服を着ている。今日のシャツは近所のお姉さんのお下がりだが、シミやほつれもなく十分通学着として着られる。白地に水玉模様でけっこう気に入っている。

「もうすぐ区切りが付く。あっちで待ってなさい」

追い払うような仕草をする。でも帰れとは言わないのが祖父だ。光弘を伴って畑の隅に設けられた小屋に移動した。農機具をしまえばいっぱいになるような小さな建物だが、庇《ひさし》のおかげで日陰ができている。雨露もしのげる。祖父たちはここで休憩したり、作物の仕分け作業に勤《いそ》しむ。

間もなく軽トラが動き出し、佐野だけが小屋にやってきた。祖父はネギを加工場に持っていったそうだ。そこでは泥を洗い流して数本ずつ束ね、売りやすい形にして出荷してくれる。

「おじいちゃんひとりで平気かな」

「向こうでも手伝ってくれる人がいるから大丈夫だって」

流れ落ちる汗を拭き、水分補給をした佐野が、何かあったのかと聞いてくる。琴美と光弘は指輪発見を伝えた。結局は猫かと、がっかりされることを予想していた。でも佐野は

「ふーん」とうなずくだけだ。

そこにチカが現れた。光弘のおばあさんと自転車屋さんで会い、指輪が見つかったと教えてもらったそうだ。おばあさんも子どもたちが指輪を探しているのを知っている。

「ごめん。チカちゃんとこにも行こうと思ったんだけど。畑がその手前だったから」

「いいよ。指輪、見つかってよかったね。その話をしてたの？」

「うん。今したとこ。それでね」

小花屋さんのスカーフの件を、琴美はみんなに話した。チカは眉をひそめ、光弘は興味がなさそうで、佐野はなぜか口元をほころばせる。

「面白い話じゃないか。ところでミツくん、前に名前の出た滝山のおじさんって、何か商売をしているの？」

光弘が答える。

「してるよ。滝山工務店。家を建てたり修理したりするんだって」

「へえ。だったら小花屋さんも、雑貨店を始めるときにお世話になったのかもしれないね。ミツくんの家にも来てたんだろ？」

「うん。屋根の修理に。四月くらいかな」

「もっと最近は？　おばあちゃんの部屋の棚とか、頼んだりしてない？」

「棚じゃない。押し入れ。ふすまが動きにくいっておばあちゃんが言って、直してもらった。あれ？　そういう話したっけ」

　佐野は首にかけた手ぬぐいでこめかみに流れる汗を拭い、団扇《うちわ》をぱたぱた動かす。日に焼けた赤銅色《しゃくどういろ》の腕はここ数日でさらに逞《たくま》しくなったように見える。

「ふすまを直してもらったのは、八月に入ってからのこと？」

「なんで知ってるの？」

「滝山工務店のおじさんは、ミツくんのおばあさんの同級生なんだよね。知ってる同級生を聞いたとき、真っ先に名前を挙げた。最近、顔を合わせたからかなと思ったんだ。そして温泉旅行に行くのは女性だけ、とも言っていた。だからおじさんは行かないけど、おばさんは行くんじゃないかって。その『おばさん』って、『滝山のおばさん』なの？　つまり滝山家は夫婦でミツくんのおばあさんの同級生なのかな」

　しばらくの間があって、光弘はこくこくと首を縦に振った。

　我慢できず琴美は横入りした。

「わたし、おじさんもおばさんも知ってる。でも同級生っていうのは知らなかった。わあ、そうなんだ。なんか不思議。どんな小学生だったのかな」

「コトちゃん、滝山のおばさんもお祭りの世話役をやってる？　君のお母さんみたいに」

　佐野に尋ねられ、少し考えてからうなずく。

「おばさんは工務店の人だから、うちのお母さんとちがって毎年、お手伝いをしているよ。

はっぴ姿で境内《けいだい》にいて、屋台の場所から何から取り仕切っているの」

「お祭りの打ち合わせにも出てるんだろうね。その帰り道、小花屋さんにも寄ったのかな」

琴美は滝山のおばさんを思い浮かべた。ぎょろりとした目で鼻が大きく、薄い唇はいつもへの字に結ばれている。背が高く、体つきもがっしりしている。琴美にとって、魔法使いのおばあさんのイメージそのものだ。小花屋さんを贔屓《ひいき》にしているようには思えないが、みんなと一緒ならば誘いに乗るだろう。ひとりでさっさと帰るような人ではない。

「寄ったのかもしれない」

答えると同時にあっと思う。

「佐野くん、小花屋さんと滝山工務店が知り合いみたいに言ったよね。ひょっとして、小花屋さんは滝山のおばさんを見て、おじさんがスカーフを買ったと話しかけたのかな。まさか。それ、ぜんぜんちがうよ。そんな人じゃない。滝山のおじさんはうちにも植木の手入れに来てくれるの。昔は植木屋さんだったんだって」

小柄で丸顔で垂れ目で髪の毛が薄くて、会うたびに「大きくなったね」と親しみのこもった笑顔を向けてくれる。胸にマークの入った作業着姿を思い出し、琴美はありえないと手を振った。

「スカーフみたいなおしゃれな物を買うなんて、考えられない」

店の中の女性たちも同じようなことを口々に言い、笑ったのだ。その場がありありと想像できる。けれど佐野は意味深な眼差《まなざ》しをよこす。

「人は見かけによらないんだよ。決めつけはよくないな」

「でも」

「改装を手がけたとしたらまんざら知らない店じゃない。男の人には『一点物』なんてわからないだろうから、気に入った柄のスカーフを買い、奥さんには内緒にしておいた。ところがお店の人がよけいなことを直接奥さんに話してしまい、あわてて人違いだと否定した。それで収まると思いきや、今度はスカーフをもらった人が写真を送ってきた」

「写真？」

「小花屋さんのスカーフが写った写真、あったじゃないか」

光弘が膝を叩く。

「のりちゃんからの手紙だ」

琴美は目を剝いた。

「おじさんがあげたの？」

チカは座っていた木箱から立ち上がる。

「ひどい。それがほんとうなら、奥さんに嘘をついたの？」

「みんな落ち着いて。騒ぐのなら話はやめるよ」

「だって」

「ぼくが言ったのは憶測だ。コトちゃんの話からすると、滝山のおじさんは元植木屋さんのようだね。それならミツくんちの生け垣の、どこにどれくらいの隙間があるのかわかるだろう。あとからこっそり手直しもできる。そんなふうに想像してみたけれど、合っているとは限らない。外れているかもしれない。ただ、秘密にしておきたい写真が入っているとしたら、なくなった手紙はとても特別なものになるよね」

光弘が大きな声をあげる。

「佐野くんが言ったとおりだとしたら、滝山のおじさんはぼくんちに泥棒に入ったの？　そういうこと？」

「ちがうちがう。泥棒なんて軽々しく言ってはいけない。たぶん何も盗み出していないよ。指輪だって縁の下からみつかったんだ。手紙もどこかにあると思う。とは言え、ミツくんにとってもおばあさんにとってもこのままというわけにはいかない。気持ち悪いだろ。だから、顔見知りでもあるし、ぼくが直接おばあさんと話をしようか」

小屋の日陰に風が吹いた気がした。外からも内からもぐらぐらしていた熱気がふっとやわらぐ。冷たい水を一杯飲んだようにほてりが鎮まる。

「佐野くんがちゃんと話してくれるの？」

「なるべくね。できれば立ち話にしたいな。大ごとにしない方がいいだろうから」

「いつ？　今日？　これから？」

「会う機会があればいつでも。畑仕事のないときにね」

「だったら夕方がいいかも。おばあちゃん、ブレーキの修理を頼んでいたの。ゆるくなったんだって。夕方には自転車屋さんに取りに来ると思う」

琴美宅の前を通るということだ。三人の熱い視線を受けて、佐野は苦笑いと共にうなずいた。


夏至から二ヶ月が過ぎ、季節は一歩ずつ秋へと近付いている。浮かんだ雲の間から照りつけていた太陽が西の空に傾き、早くも日暮れの風情が漂い始めた頃。

「堀田さん」

琴美宅の門の前を通り過ぎたところで、琴美とチカに押し出され、佐野は光弘の祖母を呼び止めた。

家を出たと光弘から電話が来たので、待ち伏せしていたのだ。祖母のあとをつけてきた光弘は電信柱の陰にいる。

「あら、佐野くん」

話したいことがあったんです、会えてよかった。まあ何かしら。指輪、見つかったそうですね。あの子たちから聞いた？　佐野くん、少年探偵団に付き合わされているんでしょう？　ごめんなさいねえ。いえいえ。

やりとりは自然に流れる。腰を屈めて門の内側に滑り込んだ光弘も加え、三人は生け垣越しに聞き耳を立てた。

「話を聞いたとき、指輪ではなく手紙の方にヒントがあるのかなと思ったんです」

「手紙？」

「お友だちから来た手紙です。ご家族以外の誰かに見せましたか？」

「ううん。見せたくて、旅行に持っていくつもりだったのよ。そしたらなくなって」

「ほんとうに誰にも見せていませんか」

しばらく間があって、小さな「ああ」という声が聞こえた。

「そういえばひとりだけ。でも」

「まったく別のところから、変な話を聞いたんです。小花屋のスカーフを買った男の人がいて、そのことを店の人がよりにもよって奥さんに伝えてしまい、一悶着《ひともんちゃく》あったと」

また間があく。

「どういうことかしら。何それ。まさか……」

佐野が大丈夫ですかと言うので、生け垣の生い茂った葉っぱの隙間から琴美たちは目を凝《こ》らした。光弘の祖母はうつむいて顔を手で覆《おお》っている。驚きのあまり声をあげそうになった。あわてて口を手でふさぐ。幸い、おばあさんはすぐに顔を上げてくれた。

「今の話、ほんとう？　私ね、タキちゃんのところで派手な夫婦げんかがあったとは聞いたのよ。お皿や茶碗《ちゃわん》が割れるくらい派手なの。でも翌日には収まったみたいで、タキちゃんも普段どおりだったから、犬も食わないナントカと思ったんだけど」

大きなため息が「はあ」と聞こえる。

「まさかとは思うけど、スカーフを買ったのがカッちゃんだとしたら、いい年して何やってるのよ。どうかしてる。ちょっとした餞別《せんべつ》のつもりだったと思うけど。のりちゃんとカッちゃん、そして亡くなったのりちゃんの旦那さん、三人は近所に住んでて幼なじみだったの。ひとりはあの世に行ってしまい、今度はのりちゃん。千葉は遠いわ。もう会えないかもしれない。そう思ったら、昔遊んだ野山が懐かしくなったんじゃないかしら。それで、軽い気持ちで花の刺繍を選んだのよ。きっと、それくらいの話よ」

佐野はうなずいたらしい。気配が伝わる。光弘の祖母は、なんでもないことだと佐野に印象づけたいらしい。自分も思いたいのだろう。でもそのあとすぐ、腕を組んで首を傾げる。

「それにしたって、あげるならハンカチくらいにしとけばよかったのに。スカーフって何よ。誤解されるようなことをやる方が悪いわ。タキちゃんにバレそうになって、さぞかし青くなったでしょうね。どうにかごまかせたみたいだけど」

「はあ」

「今にして思えば、写真を見せたときにずいぶん驚いていた。旅行に持っていくと言ったら『えっ』と変な声を出したりして」

やれやれとおばあさんは肩をすくめた。

「正直に言えばいいのに水くさい。でも……私が味方になるとは限らないか」

葉っぱの間から、唇のはじっこの皺がきゅっと深くなるのが見えた。魔女っぽいのは滝山のおばさんだけじゃないと琴美は密かに思う。

「口止め料っていうのかしらね。そういうのをいっぱい出させてやる手があるわ。こっちも指輪と手紙がなくなったおかげでずいぶん悩まされたのよ。家族にも嫌な思いをさせた。うんともらって、タキちゃんと一緒に散財しましょう」

唇が開き、ハハハと明るい笑い声が響いた。

「佐野くんもほしい？　口止め料」

「いいえ。勉強させてもらいました。秘密はどこかからか必ず漏れるものですね。肝《きも》に銘《めい》じておきます」

5

翌日、光弘から電話があった。手紙はタンスの後ろから見つかったそうだ。窓を開けて出かけたので、風が入って仏壇から落ちたのかもしれないと、おばあさんは家族に話している。畳に落ちた指輪と手紙を猫がくわえて持ち去り、縁の下とタンスの後ろに入り込んでしまったと。

　どうやら佐野の話を聞いてすぐ、光弘の祖母は滝山工務店に連絡を入れたようだ。暗くなってから表向きは押し入れの手直しといっておじさんがやってきて、タンスを動かした拍子に手紙が発見されたとのこと。

　祖母の交渉は思いどおりに実を結んだのだろう。子どもにも察しがつく。

「それでさ、写真をみんなに見せてくれたんだけど、のりちゃんっておばあさんの巻いているスカーフは、うちのおばあちゃんがお餞別にあげたって言うんだよ」

　琴美は「えーっ」と仰《の》け反《ぞ》り、すごいねと感心した。ほんとうだよと光弘が返す。

　女の人から女の人へのプレゼントにしてしまえば、たしかに揉《も》めない。誰も気に留めず、わざわざ引っ越し先に問い合わせる人もいないだろう。

　口止め料っていくらだろう。

　チカには琴美から電話を入れた。話し終わって電話を切ってから庭に出た。

　今日は種苗《しゅびょう》会社による昼食会があるそうで、珍しく祖父が出かけていった。新しい品種についての説明会も開かれる。佐野は畑に出たが、ひとりでいるなら話しかけやすい。手伝いをしながら光弘の話を伝えよう。汚れてもかまわない服に着替え、琴美は畑に向かった。

鼻歌交じりに歩いていると、開けた場所に出る前の木立の角で、話し声が聞こえた。足を止め、枝葉の間からうかがう。佐野の他にもうひとりいる。見覚えのない中年の男だ。

「おまえの正体、わかっているんだぞ」

耳に入った言葉に、驚いて体を縮めた。

「何しに来たんだ」

佐野は答えない。表情も見えない。

「なんとか言えよ。何が目的だ。どうせ誰も知らないんだろ。おれがバラしたらみんな驚くだろうな。今すぐ言ってやったっていいんだぜ。叩き出される前に自分から出てけよ」

「待ってください」

「はあ」

「あともう少し」

佐野はそう言って踵《きびす》を返した。作業小屋へと歩いていく。男はそのあとを、何かしら乱暴な言葉をぶつけながら追いかけた。

琴美は膝を抱えてうずくまったきり動けなかった。

佐野の正体とはなんだろう。叩き出されるような人間なのだろうか。

まさか、そんな人じゃない。みんなに好かれ、明るく気さくで、祖父にも信頼されている。第一、父の知り合いなのだ。おかしな人なら最初から連れてこないはず。大丈夫、何かのまちがいだ。

懸命に自分に言い聞かせるが不安は消えない。心細くて震えてしまう。佐野が否定しなかったからだ。男の言葉に何ひとつ反論せず、口にしたのはお願いだけ。待ってくださいと。まるで、バラされたくない正体があるみたいじゃないか。誰も知らない目的があるみたいじゃないか。

琴美が不安にかられる理由はもうひとつあった。

さっきの電話でチカにこう言われた。

「佐野くん、ちょっと変わってるよね。この前、うちの小屋を見に来たでしょ。もういいかなと思いながら五時過ぎに見に行ったの。小屋の中は真っ暗だったんだけど、佐野くん、懐中電灯をつけて雑誌だかノートだか、そういうのを見てた。週刊誌を眺めていたみたいな気楽な雰囲気じゃなく、すごく真剣に。懐中電灯でページを照らして、あれ、写真を撮っていたんだと思う。耳を澄ますとカシャカシャって聞こえたから」

琴美は今度聞いてみると返した。

けれど、聞けるだろうか。

佐野や男が小屋から出て来る前に、琴美は立ち上がってその場を離れた。家に戻り自転車を走らせ高井橋に向かう。公園で笹の葉とツユクサを摘み、河原に下りた。

葉っぱの舟を作る。紫色の花をのせる。水に浮かべて手を離す。
「佐野くんがいい人でありますように。悪い人ではありませんように」
瞼《まぶた》を閉じて祈り、目を開ければ、ひっくり返った葉だけが見えた。流れに巻き込まれ、あとかたもなく消えていく。

夕方、いつもどおりの佐野に、光弘からの話を伝えた。チカのおじいさんのお金は、やはり勘ちがいか、誰かがちょっと借りたのかもしれないねと佐野は言う。琴美もうなずいた。

母屋から戻り、父や母を前に相談するかどうかで悩んだ。ひとりで抱えているもやもやをなんとかしたい。不安を払いたい。けれど、どう言えばいいのだろう。

口にすれば今の関係が壊れてしまう気がする。両親も祖父も兄も佐野を信頼し、彼はそれに応《こた》える日々を送っているように見えるのだ。よく働きよく笑いよく食べる。とても健康的だ。見知らぬ男の言動に、引っかき回されたくない。

きっと何かの誤解だ。光弘のおばあさんの手紙や指輪のように、たわいもない事情があるのだろう。福本先生の「胸にしまっておく」という言葉も思い出した。

佐野の滞在はどうせ長くない。あと一週間か、十日。

何事もありませんようにと布団の中で祈り、それを託されたツユクサの花が、小さな女の子の姿となって笹舟にしがみつく夢を見た。

今までどおりに接しようと思うのに、あれ以来どうしても佐野の行動を意識してしまう。

夜中に降り出した雨が朝まで続き、農作業が休みになった日、佐野は図書館で仕事をすると言い、午前中に出ていった。

チカは母親と出かけていつ帰ってくるのかわからない。雨があがった午後、琴美は雨蛙《あまがえる》を探して家のまわりを気ままに歩いた。明るい緑色の小さな蛙は、両手の中にすっぽり収まる。手を開いてやると大きく跳ぶのが面白い。中には手のひらの上から離れないのもいる。指で突いてぴょんと跳ねさせる。

それを繰り返しているうちに野原に入り、草に付いた水滴で足元が濡れる。サンダルが滑りそうだ。どこかで乾かそうときょろきょろしていると、雑草の向こうに人影が見えた。

髪が短くて颯爽《さっそう》とした男の人。佐野だ。

たちまち琴美の心臓はどくどくと脈打った。

ここはどこだろう。見まわして、チカの家の敷地内だと気づく。この前の空き地から延びていた細道、そこを進んだ先になる。昔は大きな田畑が広がっていたらしいが、今はがらんとした荒れ野が広がるだけだ。雑木林がじゃまをして作業小屋やチカの家は見えない。

なぜ、彼がここにいる？

連れはいないらしい。ひとりきりの彼が向かう先に古びた二階建ての建物があった。

今は使われていない。たしか、昔の寮《りょう》だと聞いたことがある。チカの家が大きな農家で、たくさんの人を雇っていた頃、その人たちが寝泊まりした場所だ。

佐野は扉付近でガチャガチャ音を立てたのち、中に入っていった。鍵を持っているのだろうか。琴美はそっと歩み寄った。扉は錆び付いてドアノブが歪んでいる。こじ開けたらしい。

開けっ放しのそこから中をうかがえば、窓からの光でほの明るい。佐野の姿はなく、天井から物音が聞こえた。二階を歩いているようだ。琴美はそっと体を滑り込ませた。

中がどうなっているのか、ちょっとのぞいてすぐ出よう。

扉の内側に玄関があり、右手に階段、目の前には廊下が延びている。佐野は階段から二階に上がり、奥の方を歩いているようだ。遠くでぎしぎし音がする。このすきにとサンダルのまま上がり込んで、ざらざらの廊下を歩いた。一階にあるのは食堂のようだ。広い板の間に、食卓と椅子が置いてある。その奥には扉があり、中は畳敷きの部屋になっていた。さらに奥は風呂場らしい。洗面台やトイレもある。

ほんとうに寮だ。二階にも寝泊まりする部屋がいくつか並んでいるのだろう。

佐野は古い物が大好きだとかねがね言っている。仕事にもしているようだ。こういった建物も、調査対象のひとつなのかもしれない。

そんなことを考えているうちに二階の物音が止《や》んでいた。佐野は今どこにいるのだろう。琴美は洗面台がふたつ並ぶ洗面所にいた。廊下のほぼ突き当たり。一番奥だ。寒気が走り、指先が冷たくなる。外に出るために、玄関まで行けるだろうか。

そっと頭を出すと、階段から下りてくる人の足先が見えた。間に合わない。どうしよう。洗面所に隠れるところはなかったが、洗面台の奥にドアがある。外へとつながる扉だ。これさえ開けられれば、玄関に出なくていい。逃げられる。

琴美は飛びついてドアノブを回そうとした。びくともしない。鍵がかかっているのだろうか。ガタガタ揺する。音が聞こえてしまうかもしれない。気づかれるかもしれない。でも躊躇《ちゅうちょ》していられない。

お願い。動いて。

目を閉じてツユクサを摘んだ。笹舟にのせる。水に流す。

「誰かと思ったら」

振り向くと洗面所の入り口に佐野が立っていた。

「こんなところで何やってるの」

琴美は全身をわななかせた。

「どうかしたの」

「来ないで！」

恐い。恐くてたまらない。

佐野はいつもと同じように微笑んでいる。

震える自分を見て、微笑んでいる。

「この前から様子がおかしいと思っていたんだ。誰かに何か聞いた？」

夢中で首を横に振った。

知らない。知らないからどこかに行って。

「そんなに恐がるくらいなら、こんなところに入らなきゃいいのに。好奇心、猫をも殺すって諺《ことわざ》があるんだよ」

殺す。

琴美は佐野に背を向け再びドアノブを揺さぶった。お願い。回って。外に出して。

助けて。お母さん。

肩に何かが触れた。首をねじ曲げると佐野がそこにいて、いつものように優しく、「コトちゃん」と呼びかけた。

おまじないコスモス

1

マンションのエントランスから外に出て、三段ほどの階段を下りたところで祥子《しょうこ》は目を見張った。自転車を停めて片足をついている男の子がいる。めったに車の通らない、幅の狭い道路のすぐそこ。

気配を感じ取ったらしい。顔がこちらを向く。目が合った。

祥子と同じ白沢中学校三年二組、席で言えばとなりのとなりの列の三つ後ろに座っている土屋拓人《たくと》だ。たった今まで彼のことを考え、どこかで偶然会ったらどうしようとにやけていた。けれど現実になると驚きを通り越し、ぼんやりしてしまう。

拓人もぎょっとしていた。日に焼けた浅黒い肌は、食い入るほど見つめてもはや目に焼き付いて離れないマウンドの勇姿のまま。伸びかかった短髪は県予選の試合から、ひと月が過ぎたことを思い知らせる。勝ち続けていれば今もその手に白球を握りしめていただろう。準々決勝進出という目標がわずか三試合目で消え失《う》せたのは彼のせいではない。もともと弱小な野球部だ。

夏休みも残り二週間を切った。試合観戦がなければ姿を見かける機会さえなく、二学期を心待ちにするしかなかったけれど、夢のような幸運に遭遇した。

気持ちは舞い上がるも、顔は強《こわ》ばって言葉が出ない。立ち尽くす祥子をよそに、拓人は自転車のサドルから降りた。無視して走り出すこともできたのに、そうしなかった。

祥子は手足に力を入れて歩み寄った。

「ここに住んでいるんだっけ」

先に話しかけられた。夢中でうなずく。

「土屋くんは？」

「このあたりに用事があって来たんだ。そしたら新しいマンションが建ってて。新しいよね、ここ」

「もうすぐ一年になるの。去年の夏にできたから」

笑みを浮かべたつもりだ。少しでも自然に見えますようにと祈る。

「ふーん。ああ、永瀬《ながせ》さんが転校してきたのはその頃だっけ」

胸がいっぱいになる。野球部のエースとして活躍する拓人の中に、ほんのわずかでも自分に関することが刻まれているのかと思うと感動せずにいられない。去年も同じクラスだったのだけれども、拓人は覚えていてくれなくてがっかりした。まったく自分は影が薄い。今年は親友の美奈《みな》が気を利かせ、会話に交ぜてくれたので名前は覚えてくれたらしい。

「このマンションができて引っ越してきたの？」

「そう。できる前のモデルルームを見て、親がその気になっちゃって」

「横浜《よこはま》からだっけ」

「藤沢《ふじさわ》。ごちゃごちゃしたところに住んでたの。ビルとビルの合間みたいな」

「ビルがあるだけいいじゃないか。ここは山の合間だ」

笑うと、きつい目元がやわらいで子どもみたいな無邪気な顔になる。それがどれほど女子の心をくすぐるのか、彼はきっとわかっていない。仲がいいのは男子だけ。一生懸命になるのは部活だけ。女嫌いと噂《うわさ》されるほど浮いた噂がない。クリスマスだろうとバレンタインデーだろうと、女の子からのプレゼントや告白にニコリともせず、面倒くさそうな顔をしている。可愛《かわい》い子にデレデレしている男子よりずっと魅力的だ。

「土屋くんも引っ越してきたんだよね」

「小学校の頃ね」

正しくは小学三年生になる年の春。茅ケ崎《ちがさき》からだ。拓人が祥子のことをほとんど知らなくても、祥子は彼の情報に通じている。

「どこ行くの？」

「え？」

「出かけるから出てきたんだろう」

「ああ、えっと」

いつの間にか立ち話をしていた。それも想像だにしない幸運であったが、「コンビニ」と答えた祥子に、彼は「おれも」と応じた。祥子の住む「テラスコート東白沢」から東白沢駅までは徒歩五分。駅前を通り越したところにあるコンビニまで、自転車を押す彼と並んで歩いた。

引っ越しは親の転勤か何か？　それもあるけど、うちはお父さんが長期出張で長いこといなかったりするの。マンションだと防犯上、安心だからって。長期出張？　今はインドネシアで橋を造ってる。建設業か。

歩きながら、なんてことのない話をした。まるでふつうのクラスメイトのように。前からの顔見知りのように。今までもこんなやりとりをしていたかのように。

制服でも野球のユニフォームでもなく、まったくの私服というのは新鮮で、黒っぽいハーフパンツに紺色のTシャツというラフな服装にも胸がときめいた。普段着の彼のそばにいるだけで、ふたりの距離が縮まったような気がする。

照りつける強い日差しの中、夏空に浮かぶ雲のような眩《まばゆ》い輝きに包まれ、祥子はコンビニまでの道が永遠に続くよう祈らずにいられなかった。

その日の午後、祥子は自転車を走らせ美奈の元に向かった。

白沢町は中央を東西にＪＲ線が走っている。西寄りに白沢駅、東寄りに東白沢駅、ふたつの駅がある。線路の北側、北部のほとんどが山に続く丘陵《きゅうりょう》地帯となっている。滝や湖といった観光地は点在しているが人家はまばらだ。駅周辺から南部にかけて、住宅地や田畑が広がっている。その南部を西から東に流れるのが沢戸川だ。

美奈の家は東白沢駅そばにある祥子のマンションから南西に、歩いて四十分、自転車で十分。沢戸川の近くに建っている。弟や妹がいて、祥子にもなついてくれているので可愛いけれども、聞いてほしい話があるときは持てあます。

電話をかけたとき、「外で」と念を押すと、美奈は笑い声で応じた。

祥子は丸顔で奥二重《おくぶたえ》の小さな目、狭い額、丸い鼻。小さな頃はアンパンマン呼ばわりされてよく泣いた。それに引き替え、美奈は小顔で目のくりっとした可愛い子だ。性格も明るく気取りがない。中学二年生の二学期に転校してきた祥子に、たまたま席が近かったこともあるのだろうが親しみやすい笑顔を向け、音楽室や理科室に連れていってくれるのはもちろん、先生のあだ名や癖、放課後の買い食いスポットまで教えてくれた。

運動には自信がなかったが、美奈に誘われるままバドミントン部に入り、彼女の言葉どおりに暢気《のんき》な部活だったので続けることができた。引退するまでの半年の活動とはいえ、同学年の友だちや後輩ができたのは彼女のおかげだ。

三年生になっても同じクラスだったので、進路の相談もするし、一緒に勉強もする。美奈は成績が中の上。県立高校が志望だ。塾には行かず、弟や妹の面倒を見ながら家で勉強している。祥子は親に勧められて私立の女子校を第一志望にしているが、まだはっきりしていない。三年に進級すると同時に松田町にある塾に通い出した。

思いを寄せている拓人は、野球のために県下の強豪校を目指していると言われている。本人は否定も肯定もしていないのでほんとうかどうかはわからない。

拓人と美奈は同じ小学校に通っていた。白沢町には小学校がふたつしかなく、中学校はひとつ。生徒のほぼ半分が同じ小学校の出身だ。

拓人を意識し始めたのは去年のクリスマスの前で、気づいた美奈から「ライバルが多いよ」と忠告された。小学校の頃からモテていたそうだ。野球のことしか考えてない野球馬鹿だからやめといた方がいいよ、とも言われた。もっともらしく助言する美奈もまた、部活の先輩が好きで、よくため息をついていた。その先輩は同学年の女子と仲がよかった。

ふたりして片思いだねえと慰め合い、クリスマスのイルミネーションに華やぐ町を見ながら、互いを応援しようと約束した。ほとんどがお互いの愚痴《ぐち》の聞き役と、励《はげ》まし役だったけれども。

今年の春、先輩は志望校に受かり卒業していった。美奈は告白する前に振られてしまった。先輩の方が先に行動を起こし、好きな人と両思いになったのだ。

私はダメだったけどショコのことは引き続き応援する。頑張るんだよ。そう言われて祥子は涙し、美奈も泣いた。言葉どおりに三年になっても愚痴を聞いてくれる。励ましてもくれる。

残念ながら何も進展はなく、試合を見に行って歓声を上げるのがやっとの数ヶ月だったが、ここにきて思いもよらぬ出来事が起きた。

待ち合わせは美奈の家の近く、沢戸川にかかる橋のたもとだ。祥子は自転車を走らせ、川沿いの道に突き当たって右折した。前から手押し車を押す老人がやってきたので、自転車のスピードを落とす。ゆっくりすれ違ったところで川に目をやった。

灰色の水面《みなも》とそれを縁取る雑草の合間に、赤やピンクといったカラフルな色が見えた。思わず自転車を停め、サドルに座ったまま柵越しに目を凝らした。色の固まりが花束だと気づき、同時に思い出す。

この川で小さな女の子が亡くなったそうだ。もう二、三十年も昔の話。教えてくれたのは美奈だ。話を聞いたときも川縁に花束があった。卒業式の前だから二月の寒い時季だったと思う。遺体が見つかったのは八月の終わり頃で、お盆過ぎにはもっとたくさんのお花が供《そな》えられる。でもこうして季節に関係なく、ときどき花を見かける。知り合いの人が近くに来たのかもねと美奈が言っていた。

今日は八月二十一日。花束はひとつふたつじゃない。その子の命日が近いのだ。

幼くして死んでしまうなんて、ほんとうに可哀想《かわいそう》だ。どんな子だったのか、頭の中に思い描こうとして、祥子はあわてて川から目を逸《そ》らした。

せっかくの天にも昇るような幸せな気持ちがぺしゃんこになりそう。花束の残像を振り払って、さっき見たばかりの精悍《せいかん》な横顔を思い出す。たちまち頬がゆるむ。祥子は再び自転車のペダルを踏んだ。

待ち合わせの場所で日陰を探して待っていると、デニムのショートパンツにボーダー柄のTシャツを着た美奈がやってきた。暑いねえとお互いに額の汗を拭う。近くの児童館が空《す》いていたと言うのでそちらに移動した。

児童館のフリースペースは冷房がなく扇風機だけだが、夕方のヤブ蚊に悩まされるよりましだ。隅っこの窓際に陣取って、午前中の出来事を聞いてもらった。美奈は出だしのところから仰け反るほど驚いてくれたので話し甲斐がある。

「それはびっくりしたね。よく話せた。えらい、ショコ」

「でしょう。もう、頭の中が真っ白だった。こんな偶然、夢にも出てこないよ」

美奈はうなずきかけて、しゃがみ込む。足元に転がってきたボールを拾い上げ、よちよち歩きの赤ちゃんに返してあげた。近所の親子連れが暑さを避け、屋内で遊んでいる。小学生がいるとやかましいが、今はいない。この時間、小学生は公園か河原だろうか。

「コンビニに入ってからはどうしたの？」

「土屋くんはスポーツ飲料を買ってた。私はヨーグルトとパン。お昼の時間だったのよ。家で、ひとりで食べなきゃいけなくて」

「お母さん、いなかったんだ」

「ほんとうはカップ焼きそばとおにぎりのつもりだったんだけど、それは買えなかった」

ひどく真剣な顔になっていたらしい。美奈が噴き出した。

「土屋くんがいるからヨーグルトにしたの？　可愛い。それはすごく可愛いよ。もしかしてパンも、コロッケパンや焼きそばパンじゃなく？」

「卵のランチパックを一袋だけ。足りなくて冷凍のピザをチンしちゃった」

美奈は窓にもたれかかり、明るい笑い声を響かせた。そのあと目を細めて天井を見上げる。つるんとしたおでこに、すっと伸びた鼻筋、形のいい顎《あご》のライン。みんな自分にはないものばかりだ。つい見とれてしまう。生命力を感じさせる健康的な頬ならば、多少は似通っているだろうか。

「ショコのお母さん、今日はお仕事？」

「うん。秦野《はだの》の教室なの」

「すごいねえ。憧れちゃうな」

祥子の母は趣味でアートフラワーを習っていたが、講師役の先生に声をかけられ、数年前からカルチャーセンターなどでアシスタントを務めるようになった。

「白沢町に引っ越してきたのも、お母さんの仕事がきっかけって言ってたよね」

「先生の住まいが伊勢原《いせはら》だから。藤沢よりこっちが近いの。お父さんは長期出張ばかりで、うちはほとんど母子家庭なんだよね。新しいマンションはセキュリティがしっかりしてるから安心だって。こっちにはおじいちゃんやおばあちゃんもいるし」

教室の手伝いだけならまだしも、先生から秘書役も兼ねてほしいと頼まれ、母は少なからず悩んだ。仕事が増えることはさておいても、先生は地方の教室やイベントに秘書を連れていきたいのだ。国内なので遠くても一泊か二泊だろうが、娘ひとりを置いていくには抵抗がある。そんな折、母の実家がある白沢町に新しいマンションが建つことになった。祖父母の勧めもあり転居が決まった。

「うちのお母さん、過保護というか、心配性なんだよね。私だってもう中学生なんだから、留守番くらいひとりでできるのに」

「いつまでも構いたいんじゃないの？　ショコんとこ、お母さんと仲がいいよね。一緒にいるとほんとうに姉妹みたい」

即座に首を横に振ったが、この手の話はいつも反応に困る。祥子の母は、娘の目から見てもそこそこ可愛らしい顔立ちをしている。物心ついたときから、なぜ自分は母に似なかったのかと嘆き暮らしてきた。

「お父さんとお母さんも仲がいいんでしょ」

「うん。まあ……」

「なら、ちょっと寂《さび》しいね、長いこと会えなくて。お父さん、いつ出かけたんだっけ」

「五月の連休明け。たぶん九月に一度帰ってきて、その次はお正月かな」

にわかに始まったわけではなく、祥子が小学生の頃から父の海外勤務は多かったので、自然と慣れてしまった。世間一般からすると珍しいことなのかもしれない。

とびきりの報告が一段落したところで、祥子は美奈の手を取って児童館の外に出た。夏の終わりの白沢町には、湘南《しょうなん》地方に比べ一足早く秋の花が咲き始めている。児童館のとなりにある小さな空き地にも雑草の合間に野の花が揺れていた。彼岸花《ひがんばな》、萩《はぎ》、野菊、キキョウ、コスモス。

「去年、教えてくれたでしょう。会いたい人に会えるおまじない」

祥子の言葉に美奈はきょとんとする。

「言ったじゃない。ほらコスモスの」

「ああ、花びらを使うやつ？」

「それそれ。ミーナから聞いたのは冬で、どこにも咲いてなかったんだよね。だからできなかったけど、今ならほら」

祥子は草むらに歩み寄った。ピンクと白のコスモスが可憐《かれん》な花びらを広げている。まわりが伸びっぱなしの雑草なので、清らかな明るい色は光を発しているようにも見える。

「コスモスの花びらは八枚だから、好き嫌い好きって花占いをすると、嫌いで終わっちゃう。それもミーナに教えてもらった」

「他にも知ってるよ。相性占いとか。もしかしたらショコにぴったりの人、別にいるのかもしれない。やってみようか」

「やめてよ。占いはいいの。私がやりたいのはおまじないなんだから。ちゃんと覚えているよ。目をつぶって会いたい人のことを思いながら花びらを三枚抜く。厚紙の右にそれを貼って、左に相手の名前を書く。厚紙を二つ折りにしたら出来上がり。私、やってみる」

「土屋くんにまた会いたいんだ」

「もう無理だろうけどね。夏休み中にもう一度。できれば今日みたいに話もしたい。余計に無理だね。どうしよう。私、欲深くなってる」

不安にかられて美奈の顔を見た。唐突に、これくらい可愛らしければと今さらなことを思う。もっと堂々と人を好きになって、両思いになることを夢見ることができたのだろう。

自分は端《はな》からあきらめている。目立った個性がなく、外見はよくない。せめてもの望みは嫌われないことだ。あんなブスに想《おも》われて迷惑だとは言われたくない。

おまじないは、「好きな人に嫌われない」というものにすべきかもしれない。あるだろうか、そういうおまじない。

知らず知らずうつむいていたらしい。頭の上に美奈の手のひらが乗っていた。

「欲深くなんかないよ。ショコの純粋な気持ちは私、すごくよくわかってる」

小さな子をなだめるみたいに手のひらが動き、その優しさに泣きそうになった。

視界の隅でコスモスがそよぐ。

転校も悪くない。こんなによい友だちができるのだから。

2

進学塾の夏期講習も後半を迎えた。週三回、となりの松田町まで通っている。

同じクラスの田代《たしろ》ひとみがいるので、授業の前後や休み時間、自習時間を一緒に過ごしている。

そのひとみも祥子の片思いはよく知っている。拓人と会った翌日、顔を合わせてすぐ、頰をゆるめてしまった。何があったの、あやしい、早く聞かせてとせっつかれた。

授業が終わっての帰り道、近くの公園に寄り道して打ち明けると、ひとみは拳を握りしめ、すごいねやったねと興奮してくれた。そして驚いたら喉が渇いたと、ペットボトルのアイスミルクティーをごくごく飲む。たちまちおでこに玉のような汗が盛り上がった。くるんとした癖毛も濡れている。

痩せたい、ダイエットしなきゃを決まり文句にしているが、少なくともこの夏は現状維持らしい。本人の思いはさておき、ふっくらした全身はもはや個性のひとつになっている。自虐ネタの数々は上滑りせず、みんなの笑いを誘う一方、馬鹿にしてくる人間にぴしゃりと言い放つだけの強さも備えている。

祥子とは三年の組替えから一緒だが、体育が苦手という共通項もあり親しくなった。顔が広いので情報にも通じている。何かと頼もしい友人だ。

「偶然ばったり会ってコンビニまで一緒に歩くなんて、まるで青春映画のひとこまじゃない。電信柱の陰から見たかったわ」

「私も、誰かにビデオを撮っといてほしかった。二度とないだろうから」

言ったとたん、しっかりしなさいよと背中を叩かれた。

「ここからよ、ここから」

「そう思って、ミーナに教わったおまじないはしたんだけどね」

昨日、さっそく一番きれいな白いコスモスを摘んだ。美奈が言うには最初は白、ここぞというときにピンクが有効だそうだ。

夕飯をすませたあと、勉強と称して自室にこもり、机の上を片づけ厚紙を用意した。そして大事に持ち帰った花を取り出し、渾身《こんしん》の思いを込めて目をつぶった。

「ミーナにはもう言ったの？」

「昨日の夕方ね」

「なんて言ってた？」

「驚いてたよ。でもよかったねって喜んでくれた」

笑顔を向けると、なぜかひとみは目を逸らす。

「どうかした？」

「ちょっとね」

唇を強く結んだのか、丸い頰の向こうに見えなくなる。

「ミーナのこと？」

体の真ん中にずしりと重たい砂袋を感じる。気が重くなるとはこのことだ。

「今まで言わなかったけど、ちょっと引っかかってて。六月くらいだっけな。土屋がショコを見てるってことがあったでしょ。じっとだったり、ちらちらだったり。ショコについて、まわりの友だちに聞いてるって話も流れたよね」

「気のせいだって。なんでもなかったんだよ。ただの勘違い。結局、話しかけられるようなことは一度もなかった」

「そうかな。意識してるように私にも見えたよ。それをミーナに言ったら、すごく暗い顔になったの。うつむいて唇を噛んで、眉がひくひくしてる感じ。どうしたのって聞いても、私の声が聞こえていないみたいだった。あの頃からちょっとだけミーナのことを気にして、心配してたんだよね」

ひとみはそこで言葉を切った。裏で流れているまことしやかな噂話を知らないわけではないだろう。でも、言わないのがひとみだ。そしてひとみ以外の女子が、祥子の耳に注ぎ入れた。

美奈は小学校の頃から友だちの好きな子を横取りしていたそうだ。興味のないふりを装い、口では協力すると言いながら、裏で男の子に近付き自分の方を向かせてしまう。そんなことが何度もあった。だから永瀬さんも気をつけて。土屋くんのことをきっと狙っているよ。友だちの好きになる子がほしいんだから。

結局はモテない子のひがみだ。すでに骨身に染みてわかっている。男子は可愛い子が好きだ。明るくて活発な子が好きだ。そのことについて腹が立つのも口惜《くや》しくなるのも自由だが、可愛い子に当たるのは筋違い。美醜という物差しに、自分の心が負けることになってしまう。

祥子自身が考え出した教訓ではない。前半は体験によるが、後半は母からくり返し言われたことだ。可愛くて、嫌な子はいる。可愛くて、いい子もいる。忘れてはいけないと諭《さと》された。

「ひとちゃんの前で、ミーナ、何を考えていたんだろうね」

「さっぱりわからない。そしたらつい先週ね、変なことを言ってくる人がいたんだ。土屋とミーナがふたりきりで会ってるところを見たって」

「うそ」

聞いてないんだねという一瞥《いちべつ》が、ひとみから向けられる。

「ふたりとも小学校が同じだから、家が近くなのかもしれない。たまたまばったり会っただけかもしれない。でもすごく深刻な顔で話し込んでいたっていうのよ」

「どこで」

「江田町《えだちょう》にある蕎麦屋《そば》の、裏に流れている用水路の小道。見かけた子は一組の新川千春《しんかわちはる》ちゃんね。家族で蕎麦屋に入って奥のお座敷に着いたら、窓から見えたんだって。来たときにもういて、しばらくして注文した蕎麦や丼が運ばれてきて、天ざるのエビを食べているときに見たら、いなくなっていたそうよ」

その店なら心当たりがあった。家族三人で入り、奥の座敷で祥子はかやくご飯セットを食べた。窓にブラインドが下がっていたが、室内からは外がよく見えた。紫陽花《あじさい》の季節で、用水路沿いに丸くふくらんだ水色の花が並んでいた。

「何を話していたんだろう」

「直接ミーナに聞いてみなよ。それが一番だよ。なんなら私から聞こうか」

祥子は首を横に振った。

「いいよ。私には関係のない話かもしれない。だから言わないのかも」

「そう思いたいの？　だったらいいけどさ。まあ、ミーナにしてもショコに誤解されたくないっていうのはあるよね。あの子もいろいろあったみたいだから」

ひとみは美奈とはちがう小学校の出身だ。

「可愛い子も大変なのかな。その大変さ、味わってみたくはある」

どっしり腰を下ろしたベンチで、取り組み後のお相撲さんのように膝に拳を置き、重々しく言われると笑ってしまう。

「あんたねえ、暢気に笑っている場合じゃないでしょ。土屋と並んで歩いているのを誰かに見られていたら、女子の嫉妬《しっと》がどばっと向けられる。こわーい」

「見られてないよ。線路の向こう側ってなんにもないもん」

「そう思っているのは本人だけ。自分の視界に人影がないと誰もいないと思っちゃうの。でも意外なところに意外な人がいる」

考えすぎだと苦笑いを浮かべたが、現に美奈も目撃されている。

「今後気をつけます……っていうようなことが、あればね。あれば、そっちの方がまずめでたいわ」

今度はひとみがけたけた笑う。

「ちがいない。いっそ、ショコの方から突撃しなよ。あるかないかわからない次の偶然を待つんじゃなく、土屋のいそうなところに行ってみるの。会えたら話しかけて、図書館で一緒に勉強しようとかなんとか持ちかけるわけよ。ああいう野球馬鹿は世の中に自習室があることも知らないだろうから、それは何ですかという顔でついてくるよ」

「まさか。いそうなところだってわからないし」

ひとみのふっくらした人さし指がピンと一本立つ。

「それくらい推理しなさい。ヒントは野球馬鹿」

「うちの学校のグラウンド？」

「ちっちっち。甘い。引退した三年生がうろちょろしてたら、勉強しろと先生に怒られるでしょ。そうじゃなくて小学校のグラウンド」

「ほんとう？」

「稲葉《いなば》の弟が少年野球やってて、ときどき土屋が来ると言ってた」

今までだったらすぐに「無理」とか「ダメ」とか突っぱねただろう。でも祥子は考え込んだ。稲葉はひとみとよくしゃべっている男子で、本人は美術部だったが弟は体育会系らしい。

小学校のグラウンドにときどき来るというだけのあやふやな情報なのに、藁《わら》にもすがりたい気持ちになる。このままでは嫌だと強く思う。遠くからでいい。姿を見たい。会いたい。胸が痛くて、膝に置いた鞄を抱き寄せた。その中には花びらのおまじないが入っている。

「私、頑張ってみようかな」

「おう。そこは、『る！』と断言するくらいの強さがなきゃ」

もう一度背中を叩かれ、「る」が祥子の口からこぼれた。

翌日祥子は準備万端を整え、朝の八時に家を出た。主な準備は身だしなみだ。水色のキュロットスカートに白いブラウスを合わせ、少しでも爽やかに見えるよう気を配った。狙いすましているように見られてはいけないので、手荷物は最小限に留《とど》める。汗ふきタオルと水と制汗剤、例の厚紙。昨夜も念入りに目を閉じて祈った。叶えてほしい。

拓人の母校である白沢小学校は町の南部にあり、祥子が訪れるのは初めてだ。道路を隔《へだ》てて斜め前に建つ白沢神社には行ったことがあるので、地図を頭に描きながら自転車のペダルを漕《こ》いだ。

校舎の後ろからぐるりとまわり、校庭の前をゆっくり通り過ぎる心積もりだったが、いざ現地にたどり着いてみると、神社の向かいは小高い丘になっていた。小学校は坂道の先にある。何食わぬ顔で自転車を走らせるのは不可能だ。

ためしに行けるところまでペダルを漕いだが、勾配《こうばい》がきつくなり校舎が見えたところで足が止まった。グラウンドはどこだろう。校門まで行きたい気持ちはあったが、そこで誰かに見つかったらただの不審者だ。拓人に会えても、いかにもわざとらしい。

すごすご引き返し、偶然の再会を夢見て方々を走りまわり、虚《むな》しく帰宅した。夕方も小学校のまわりを大きく一周し、神社でしばらく時間を潰したのち引き揚げた。

翌日の午前中は塾だったが弁当を持参せず、授業が終わると同時に小学校まで遠回りして帰った。あきらめきれずにその夕方、またしても自転車を走らせていると、四度目の正直があった。

神社のそばでついに拓人と出くわした。またしても夢かと思うほど驚いた。拓人はジャージのズボンにTシャツを着て、スポーツバッグを提げていた。自転車ではなく徒歩だ。向かいから近付いてくる祥子に、拓人も気づいて立ち止まった。祥子は自転車から降りた。

「ま、また会ったね。びっくり」

用意していたセリフだ。笑いかけるのも想定していたが顔がひきつる。相対している拓人は、先日の優しい雰囲気とは少しちがっていた。しきりにまわりを気にする。

「沼上《ぬまうえ》とかも来るはずで」

「そうか。うん。またね」

同じ野球部の男子だ。一緒のところを見られたくないという気持ちはわからないでもない。何やってるんだと好奇心丸出しで言われたら面倒くさい。

祥子は自転車を押してすれ違おうとした。そのとき、

「夏休み、忙しい？」

話しかけられた。

「ううん。別に」

「今日じゃなく、今度、話とかできる？」

心臓が止まりそうになる。

「今度って？」

「いつでもいいけど。明日は？」

「うん。どこで？　いつ？」

「この前のコンビニまで行く。明日の夕方はどう？　朝でもいいよ。夜でも」

「じゃあ、夕方の……五時に」

向かいから「おーい」という声が聞こえてきた。沼上だ。祥子は目礼《もくれい》し、自転車を押して沼上とすれ違った。「永瀬」と声をかけられ、微笑んで手を振る。サドルに跨《また》がり地面を蹴った。

その日の夜、祥子は美奈に電話した。何回走りまわったかは言わず、会えたらいいなと思いながら白沢小学校の近くを自転車で通りかかったら、祈りが通じたんだよと話す。おまじないの効力だと付け足した。

美奈はすごいね、よかったねと返してくれた。

「それでね、夏休み忙しいって聞かれたから、別にって答えたんだ。そしたら今度、話とかできるかって」

歩道でのやりとりが脳裏に浮かび、身も心も日向《ひなた》に置いたチョコレートのようだ。甘くとろけてしまう。

「もうほんと、嘘みたい。土屋くんの方から言ってくれたんだよ」

「会うの？」

美奈の声が微妙に硬い。

「まあね。一応、その場で待ち合わせの時間や場所が決まったの」

「あのさ、ショコ」

なんだろう。

「やめた方がいいんじゃないかな」

耳を疑う。何を言われたのか、わからなくなる。

「だってまだそんなに親しいわけじゃないよね。なのに急に会うなんて。変だと思わない？」

「土屋くんが私に会うのは変なの？　おかしいの？」

「待って。落ち着いてよ。そういうことを言ってるんじゃないの」

頭にカッと血がのぼった。

「だったら何が言いたいの。はっきり言って。ミーナは私と土屋くんが会うのは反対なんだね。やめた方がいいって今、言ったでしょ。どうして！　なんで！」

「私は――」

会話が途切れる。ふたりとも押し黙る。

祥子は小さなつぶやきのひとつまで聞き漏らすまいと耳をそばだてたが、そこに入ってきたのはため息だった。まるで、「やれやれ」と肩をすくめるような。面倒くさいやりとりにうんざりするような。

再び全身が熱くなった。沸騰するような思いが涙となって目からあふれ出る。

「土屋くんに会うのはいつなの？　どこでなの？　あのね、ショコ」

電話を切った。もう美奈には言わない。何も言わない。信じていたのにと心の中でつぶやき、嗚咽《おえつ》がこみ上げた。

泣きつかれて顔を上げると、勉強机のはじっこに厚紙が見えた。握り潰したい衝動にかられたが、おまじないを教えてくれた冬の日の美奈に、嘘があったとは思えない。拓人に会いたくて目を閉じ祈った自分の気持ちにも嘘はない。

手を伸ばせないまま瞼《まぶた》を閉じると、風に揺れるコスモスの儚《はかな》い姿が見えた。

3

翌日は塾のない日で、ひとみと顔を合わせないことに少しほっとした。拓人に再び会えたことも、その後の美奈とのやりとりも話さずにすむ。拓人がほんとうに現れるかどうかはわからず、美奈についても気持ちの整理がまだできていない。

美奈からの電話はなく、マンションに来ることもなかった。このまま友だちでなくなってしまうのだろうか。美奈はそれでいいのだろうか。

問題集に集中できないまま午後になり、さらに時計を気にして時間が過ぎる。三時になると着替え始め、鏡の前で何度も服を取り替え、四時になると腹痛を覚えトイレにこもった。四時半には窓から外をうかがい、四十五分に意を決して玄関を出た。目指すは五時五分前のコンビニ着だ。

幸い日は翳《かげ》っていたので歩くそばから汗をかくことはなかったが、再びお腹《なか》が痛くなりそうで恐くなる。引き返せばもう一度トイレに行けるだろうか。まだ間に合うだろうか。

今にも足が止まりそうになったが、視線の先のコンビニに人影が見えた。傍らに自転車がある。

　小走りで駆け寄った。

「ごめん。近くだから早めに来てようと思ったのに」

「まだ時間前だよ。ついさっき着いたとこ」

よかった。拓人は昨日より柔らかい表情をしている。

「少し、話がしたいんだ。ちょっと歩いてもいい？」

祥子はうなずいて、自転車を押す彼のとなりに並んだ。先日の再現だ。今度はコンビニの先を歩く。

カンカンカンと遮断機《しやだんき》の音が聞こえてきた。ホームに停まっていた電車が走り出したのだ。賑《にぎ》やかな音がすっかり遠ざかってから、拓人は線路から離れ細い路地へと曲がった。

空き地や畑の間に、敷地の広い家がぽつぽつ建っているような田舎道だ。どこまで進むのかと思ったら、シャッターの下りた倉庫の前で拓人は足を止めた。

「実はさ、いい話じゃないんだ」

そう言って、倉庫の敷地へと入っていく。自転車は押したままだ。伸びきった雑草と砂利道を踏みしめ、祥子は拓人の後を追いかけた。

「おれの父さんと、君のお母さんがたびたび会ってるの、知ってる？」

倉庫の壁の日陰で、彼は自転車を停めてそう言った。

「知ってる？」

再び尋ねられ、祥子は首を横に振った。

「そうか、知らないか。おれさ、それをやめさせたいんだ」

「待って。何を言ってるのかわからない。私のお母さんと土屋くんのお父さん？　ふたりは知り合いなの？　どうして会っているの？」

「今年の六月、神社で見かけたんだ」

六月。

「小学校んときの担任の先生が入院してさ、何人かでお見舞いに行った。その帰り道、みんな用事があったり方角がちがったりでバラバラになって、神社の前まで来たときにはおれと浅井《あさい》のふたりだけだった。そしたらすぐ目の前を、おれんちの車が横切ったんだ。父さんが運転してて、神社の駐車場に入っていく。夕方の六時過ぎだった。なんだろうと思いつつ、どうせなら家まで乗せていってもらいたいじゃないか。歩くのはかったるい。浅井にも『乗ってく？』なんて言いながらそばに行こうとしたら、車を降りた父さんは、おみくじとかが売ってる建物の裏に向かった。そこに女の人がいた」

浅井は美奈の苗字《みょうじ》だ。拓人はうかがうように祥子を見るが、眉をひそめることしかできない。

「ふたりはすごく親しそうに、肩を寄せ合ってしゃべっていたよ。ときどき父さんが女の人の顔をのぞき込んだり、女の人が父さんの腕を摑んで揺さぶったり。社務所はもう閉まっていたからあたりに人影はなかったんだけど、犬の散歩の人なんかはやってくる。そのたびにふたりはハッとして、人目を避けるように、うっそうとした木立の奥に入っていく。おれは、みつからないように気をつけながら近付いた。そうせずにいられなかった。何を話しているのか知りたかった。そしたら外灯の明かりが女の人の顔を照らし、後ろにいた浅井が言ったんだ。あれ、ショコのお母さんだって」

祥子は力なく首《かぶり》を振った。そんなわけはない。でも美奈が見まちがえることはないような気もした。お互いの家を行き来しているのでよく知っている。

六月のあるときから、拓人の視線に気づくことはあった。祥子がそっと拓人を見ると目が合ったり、あわてて逸らされたりが何度となく続いた。自惚《うぬぼ》れるつもりは毛頭ない。びっくりしたのがせいぜいだ。でもその裏に、こんな出来事があったとは。あんまりじゃないか。

ほんの少しでも、胸を熱くした自分はまったくの道化《どうけ》者だ。

みじめで死にたくなる。このまま消えてなくなりたい。

「浅井に引っぱられ、おれは黙ってその場から離れた。でも忘れられるわけがない。おれんところ、前にもすごく揉めたことがあるんだ」

祥子は声をなくすほど動揺していたが、取り乱さずにすんだのは、拓人の話し方が丁寧で落ち着いていたからだ。いたずらに騒いだりせず、言葉のひとつひとつに自分の気持ちを込めている。

「おれが小学校の低学年の頃だよ。父さんが仕事先の人と浮気したんだ」

「浮気？」

拓人は肩で大きく息をついた。

「母さんにバレて派手な夫婦げんかになったけど、父さんはシラを切った。母さんは調査会社を使ってまで浮気の証拠を摑み、じいちゃんやばあちゃんにも訴えて、ほんとうに大騒ぎだよ。さすがにごまかしきれなくなって、父さんはあちこちに頭を下げまくり、その女と別れるのはもちろん、二度と浮気はしないと約束してなんとか収まった」

「大変だったね」

「すごくね。白沢町に引っ越してきたのも、母さんへのご機嫌取りが理由のほとんどだよ。じいちゃんたちが生前贈与で土地を分けてくれて、そこに母さん好みの家が建った。離婚の危機は乗り越えられたと、みんなほっとした。それなのに」

お父さんはまた、人目を避けるようにして女の人と会っていた……。

「ちょっと待って。土屋くんが心配するのはよくわかった。けど、今度は私のお母さんと浮気してると思っているの？」

うなずかれて、さすがに焦る。

「それは絶対にちがう。うちのお母さんは浮気なんかしない」

「誰でも子どもはそう思うよ」

「簡単に言わないで。ちがうものはちがう」

「神社で会っていたのは事実だ。それだけじゃない。おれ、こっそり父さんの携帯を見たんだ。君のお母さんからメッセージが来てたよ。この前は泣いてしまってごめんなさい。困らせて申し訳ないと思っている。また会ってほしい。これからのことを相談したいって。さすがに全部は見てない。うんざりして途中でやめた。六月のときだけじゃなく、何度も会ってるんだ。言っとくけど、メッセージの差出人は君のお母さんのフルネームだ。まちがっていない」

一瞬気が遠くなり、祥子はよろめいてしまった。拓人が手を伸ばしてくれたが、支えられるより先に倉庫の壁にもたれかかった。大丈夫と言って呼吸を整える。

「永瀬には悪いと思っているよ。こんな話、聞きたくないよな。おれだってしたくなかったけど、ただその、母さんにバレる前に会うのをやめさせたいんだ」

うちは夫婦仲がいいと訴えたかった。でも父は長いこと留守にしている。インドネシアに行ったのは五月の連休明けだ。留守の間、妻は自由に動けると思われるのかもしれない。カルチャーセンターで講師の補佐役をしている母は、普段から意識して身なりを整えている。薄化粧の映《は》える顔立ちでもある。君にはきれいなお姉さんがいるねと、越してきて間もないマンションの人からもからかわれた。じっさい、既婚者だと言っているのに男の人にしつこく誘われたこともあったと聞く。

外見がいいことは、時にマイナス要素になりうるのだと、祥子は久しぶりに思い出す。

「土屋くん、お父さんに直接言ったり聞いたりしないの？」

「したよ、もちろん。神社の密会を見たとずばり言ってやった。そしたらすごく驚いて、ちがう、誤解だと騒ぐだけだ。会っていた理由は言わない。そのくせ、お母さんには黙ってろと真剣な顔で迫るんだ」

なんの火消しにもなっていない。むしろ火に油を注ぐ行為だ。

拓人にしてみれば、再びの浮気騒動をなんとしても阻止したいのだ。母親を傷つけたくない気持ちもあるだろう。

「わかった。私、お母さんに聞いてみる。理由があるにしてもこそこそ会うのはよくない。そういうのもちゃんと言う。話が聞けたら、土屋くんも知りたいよね」

「うん。教えてほしい。待ってる」

初めてほっとした顔になる。それを見て忘れかけていた胸のうずきが蘇《よみがえ》った。とんでもないことを聞かされ不快感でいっぱいだが、やはり嫌いにはなれない。そればかりか、助けてあげたいとさえ思った。

線路沿いの道に戻ったところで拓人とは別れた。自宅マンションまでわずかの距離だったが、美奈の顔がよぎったとたん、夕暮れの道を夢中で走った。母がよその男の人と会っていたのはショックだが、友だちについては勝手な思い込みだったのかもしれない。電話すると妹が出て、美奈は近所に出かけているらしい。今からでも会いに行くべきかと部屋の中をうろうろしていると、折り返しの電話がかかってきた。

美奈はやはり、祥子の母と拓人の父が会っていた事実を、祥子がどう受け止めるのかを案じていた。神社で目撃したときに、女性が祥子の母であると、口にしてしまったことも悔やんでいた。美奈にしてみれば素朴な驚きで、思わずこぼれたのだろう。

誰にも相談できないまま、美奈はひとり悶々《もんもん》としていた。すると八月になったある日、拓人から呼び出しを受けた。祥子の父について険しい顔で問いただされたそうだ。すでに別居状態にあると、無責任な第三者に吹き込まれたらしい。長期出張だと説明したが拓人はなかなか納得してくれない。それどころか盗み見たという父の携帯電話の話をされ、不倫疑惑は薄れるどころか深まった。

拓人と美奈が会っていたのが蕎麦屋の裏だったことにも合点《がてん》がいった。何を話しているのか、知られたくなかったのだ。

「ミーナひとりを悩ませていたんだね」

「もっと早くに言えばよかったね。でもどうすればいいのか、ほんとうにわからなくて」

「心配してくれてありがとう」

心から言えた。自分も母からの弁明を聞き出して教えると約束した。


祥子の母が帰宅したのは夜の九時過ぎだった。厚木《あつぎ》のカルチャーセンターで行われているアートフラワー教室のあと、九月に予定されている展覧会の打ち合わせがあったそうだ。あらかじめ言われていたので祥子はひとりで夕食を取り、母も先生とすませてきた。展覧会は準備が着々と進み、取材の申し込みが複数入っていると、母は上気した顔をほころばせた。

母のシャワーやドライヤーが一段落するのを待って、祥子はダイニングルームの食卓に座った。「どうかしたの、進路の話？」などと言いながら、母も麦茶片手に腰を下ろす。

単刀直入に言った。

「今年の六月の上旬、夜の神社で男の人と会ってたでしょ」

母はたちまち目を見張る。

「見てた人がいたの？　やあね、なんでもないわよ」

「誰なの」

問い詰めると視線を逸らし、まるでうまいはぐらかし方を考えているようだ。

「ごまかしてもダメだよ。わかっているの。私と同じクラスの土屋拓人くんのお父さんだよね。拓人くん自身がたまたま通りかかって見かけたんだって」

ややこしくなるのでひとまず美奈の話は省いた。母は本格的に眉根を寄せ、顔を曇らせた。

「知らなかったわ。それで拓人くんはなんて言ってるの?」

「すごく悩んでる。ねえ、なんでよそんちのお父さんに会ってたの。どういう知り合いなのよ」

「小学校のときのクラスメイトなのよ。土屋くんのお父さんと私は同じ年で、この町の出身なわけ」

言われてみれば、そういうこともあるのかもしれないと気づいた。拓人の家は祖父母から分けてもらった土地に家を建て、祥子も母の実家がある町に引っ越してきた。祥子の祖父母は今、松田町寄りの場所に住んでいるが、かつての住居は沢戸川の近くだ。拓人の父と祥子の母は白沢小学校に通っていたのだろう。

簡単なことに頭がまわらなかったのは、母が昔話をしないからだ。母は地元の小中学校を卒業したあと、厚木にある県立高校に通い、大学は東京だった。結婚後も住んだのは横浜市内や藤沢。祥子が子どもの頃、夏休みといった長期休暇で出かけるのはもっぱら父の郷里である長野県だった。

母の実家と不仲だったわけではない。祖父母は狭い賃貸住宅にも遊びに来たし、母の姉や兄、そこにいる従姉妹《いとこ》たちと箱根《はこね》に出かけたこともある。誕生日プレゼントやお年玉もくれるし、従姉妹たちのお下がりがまわってくることもある。電話がかかってくれば嬉しそうに話をしている。むしろ仲のいい方だろう。

それなのに、母自身が白沢町に帰ることはほとんどなく、祥子がひとりで出かけることにも賛成しない。お彼岸の墓参りもお正月も、訪れたとしても日帰りだ。

これまでそういった物事に違和感を持つことはなかった。ひとつひとつはささいなことだったので、深く考えなかった。川のそばにある祖父母の家に、泊まってみたいという思いはあったが、おばあちゃんが疲れるからと言われればそんなものかと納得していた。

けれど、あらためて母の言動を振り返ると不自然ではないか。子どもの頃の話をほとんどしない。祥子が通う中学校は母の母校でもあるのに懐かしそうじゃない。合唱発表会にも体育祭にも仕事を理由に来なかった。たぶん、自分のクラス会にも出席していない。

母の友だちと言えば、高校時代や大学時代の人ばかり。

「クラスメイトだったのはわかったけど、なぜ会っていたの？　会って、どんな話をしていたの？」

「ちょっとした昔話よ。偶然ばったり会って、懐かしくなっただけ」

「ほんとうにそれだけ？」

失望を込めて返した。母の話のとおりなら、携帯のメッセージに「泣いてしまってごめんなさい」とか、「また会ってほしい」とか、送らないだろう。

祥子はうつむいて口をつぐみ、母も押し黙った。どれくらいそうしていただろうか。荒い息づかいが聞こえて顔を上げれば、母は見たこともない形相《ぎょうそう》をしていた。せっかくの顔立ちが歪《ゆが》んでくしゃくしゃだ。

「お母さん」

直感的に思った。原因は過去にある。

「何があったのか話してよ。お母さんが白沢町に住んでいた頃のことでしょ。私に聞かせて」

「悲しいことなの。すごくすごく悲しいこと。だからお母さん、ここから逃げたかった。どこまでもどこまでも、地球の裏側までも、逃げて忘れてしまいたかった」

細い肩が波打つように揺れ、それはなんだと重ねて尋ねることはできなかった。両手で顔を覆う母は痛々しく、まるで何かに怯《おび》えているようだ。祥子は立ち上がり、ぎごちない手つきで背中をさすった。

「もういいよ。無理やり聞き出そうとしてごめんね。ただその、拓人くんもずっと悩んでいて」

母は首を傾げた。頰の雫を拭い、どういうことだと問いかけるような目をする。

「変なことを言ってもいい？　拓人くんのお父さん、前に、浮気をしたとかしないとかで、おうちが大変だったらしい。そのときはお父さんが謝って、二度としないと約束して、なんとか収まった。でもまた家の外で、女の人と会っているのを見て……」

「それ、私のこと？」

「そうだよ。お母さんだよ。どうして夜の神社で、人目を避けるようにしてこそこそ会ってたの。拓人くんにしてみたら、今度こそ家庭崩壊の危機かもって思うじゃない。気になってたまらないよ」

「ごめんなさい。それはほんとうに申し訳ない」

しおれた花のようにくったりしていたのに、母は背筋を伸ばし、手も伸ばし、ティッシュの箱から一枚引き抜いた。洟《はな》をかんで、足りなかったらしくもう一枚取る。

「拓人くんだけでなく、奥さんにも知られてしまったのかしら。だとしたら直接会ってお詫びしなくては。誤解なのよ。ほんとうにまったくの誤解。土屋くんと私は怪しまれるような仲じゃない」

「まだバレてないみたい。でも時間の問題かもよ。土屋くんにはどう話せばいい？」

母は再び真剣な顔になったあと、意を決したように口を開いた。

「春先だったかしら、祥子、朝日橋《あさひばし》の近くでお供えの花を見たと言ってたでしょ」

「うん。川のそばまで下りていく階段があって、その下に」

「三十年前、そこで十歳の女の子の遺体がみつかったの。私の、一番の仲良しだった」

思いがけない話だった。具体的に何かを思い描いていたわけではないが、こんな話でなかったのは確かだ。

「溺《おぼ》れたりしたの？」

「ううん。首を絞められて殺されたの」

母の言葉が自分の喉に絡《から》みつく。息苦しい。

「そのことがどうしようもなくつらくて、白沢町から逃げるように離れてしまった。今でも思い出すと、ほら」

テーブルの上に置いた母の手のひらは小刻みに震えていた。三十年前の驚愕《きょうがく》を物語る。命を踏みにじられた子の無念までもが宿っているようだ。

祥子にとっての白沢町は平凡な田舎町だった。むしろ、村と言った方がふさわしい。百年も二百年も変わらず田畑が広がり畦道が延び、家々の屋根に日が当たり、洗濯物が風に揺れ、鳥がさえずり、蛙が鳴く、退屈なまでにありきたりの集落。のどかなことだけが取り柄《え》と言える、はずだった。

小さな子が川で亡くなったとしたら、それは痛ましい話だ。水辺の花束に気づき、その意味を推測し、世の中全般の不条理を強く感じた。可哀想にと思う気持ちはあったが、数分後には頭の隅に追いやられていた。

でも、母の話を聞いて印象が大きく変わる。小さな女の子の命を奪ったのは自然の猛威ではない。偶然の事故でもない。人の手。のどかそうに見えるこの町に、真っ黒な悪意が存在していたらしい。

4

翌日、祥子は拓人と美奈に連絡を取った。会って話がしたかったので、夕方の四時、白沢神社で待ち合わせることにした。

神社の敷地には小さな公園がある。そこでの集合を呼びかけ、祥子は十分前に到着した。あとを追いかけるようにして美奈がやってきた。ときおり雨雲が広がりぽつぽつ降り出す天候だったので、祥子は循環バスを利用し、美奈も徒歩だった。拓人だけが自転車で、時間ぎりぎりに現れた。

美奈はブランコに乗っていたので、祥子はとなりのブランコに腰かけ、拓人は鉄パイプの柵にもたれかかった。不倫については誤解だとあらかじめ言っておいたので、ふたりとも申し開きを聞こうじゃないかという雰囲気だ。

祥子が三十年前に殺された子の話をすると、美奈も拓人も顔を強《こわ》ばらせた。

「お母さんは一番の親友だったらしい。家も近くて、学校に通うのも放課後遊ぶのも一緒。

夏休みはプールに行ったり工作教室に参加したり、仲よくしていたそうなの。その子が突然いなくなり、翌日に遺体で発見され、しかも事故ではなく殺されていた。頭がおかしくなるほどショックだったって」

ゆらゆら揺れていた美奈のブランコが止まっていた。空を行く雲だけが動いている。

「そんなことがあったから、思い出がたくさんあるこの土地には居づらくなったみたい。ここから離れた高校に入学し、大学では寮に入り、結婚してからも避けていた。変だと思ってたんだ。自分から実家に行くことはぜんぜんなくて、夏休みもお正月も日帰りがやっと。それさえ旅行の予定が入っていてなくなったり。子どもの頃の話もしない。それに……」

もうひとつ、思い当たるものがあった。

「すごく心配性だった。私が友だちの家で遊ぶときは、たとえ近くても送り迎えして、公園に行くときも必ずついてくる。学校から帰るのが遅いと迎えに来るし、近所の買い物もひとりでは行かせてくれない。うっとうしくて反発もしたんだけど、怒ったら怒り返してきて絶対に曲げないの」

過保護で支配的と言えるだろうが、ふだんは優しくて寛容だ。習い事も勉強も遊びも無理強《じ》いせず、娘の意思を尊重してくれる。けっして口うるさくない。ただ一点、執拗《しつよう》に譲らないのが自由な外出だったのだ。

「今思えば、小さな女の子が心配でたまらなかったんだね」

祥子の言葉に美奈もうなずく。

「私の妹も今よりずっと小さいとき、行方不明になったことがあるの。勝手にふらふらして迷子になっただけで、見つかったからよかったけど、探している途中に川の花束を思い出して私の方が泣いちゃった。あんなふうになったらどうしようって。ショコのお母さんはもっともっと恐かっただろうね」

「今は大丈夫なの？　こうしてひとりで来てるよね」

拓人が素朴な疑問を口にする。

「うん。中学生になった頃からじわじわといろんなことが解禁になって、お母さんの心配性もずいぶん収まってきた感じ。それだけじゃなく、こっちに住むことにもOKしたんだよ。おばあちゃんたちが松田町の近くに引っ越したことと、新しいマンションが線路の北側に建ったことが理由みたいだけど」

南部を横切る沢戸川が母にとっての鬼門《きもん》なのだ。そこから離れていることが心理的な負担減になったのだろう。

「それでね、いざこっちに引っ越してきてみたら、やっぱり昔のことを思い出さずにいられなくて、亡くなった子のお墓参りもしたし、川辺にお花を供えたりもしたんだって。そしてかつてのクラスメイトである土屋くんのお父さんに連絡を取った」

「どうして土屋くんなの？」

美奈が首をひねる。ブランコのチェーンが鈍い音を立てる。

「お父さんの勤め先が新聞社だから。西神奈川新聞だっけ。それを知って、そういうところに勤めている人ならば、昔の出来事をひとつの事件として話せるんじゃないかと思ったんだって。でもじっさいに会ったらいろいろ思い出して泣けてしまうし、そもそもふたりきりで会ったのは軽率だったと反省してた。今度、直《じか》にお詫びしたいとも言ってたよ」

「そんなのはいいんだけれど。でも、それならそうと、どうして父さんは言ってくれなかったんだろう。おかしいじゃないか。疚《やま》しいことがないなら言えばいいのに。おれが聞いたらのらりくらりとはぐらかしたんだよ」

祥子は思わずブランコから立ち上がり、拓人を見てうなずいた。

「私もそう思った。だからお母さんに聞いた。そしたら、守秘義務かもしれないって」

「しゅひ？」

「新聞社の人しか知り得ない情報があったとして、それを外部に漏らしてはいけないという決まりがあるんだって。土屋くんのお父さんは家族だからこそ、ためらったのかもしれない」

美奈も立ち上がる。

「でもショコ、すごく昔の事件でしょ。まだ言えないことがあるの？」

問題はそこだ。

「三十年前に十歳の女の子が首を絞められて殺された。犯人はしばらくして捕まった。だから事件としては解決してる。でもね、うちのお母さんはその人が犯人だとは未《いま》だに信じられないと言うの」

「どういうこと」

「つまり――」

「ほんとうに解決しているのかと疑う気持ちがある。でも今さら言いにくくて、土屋くんのお父さんに連絡を取った。新聞社の人ならばふつうの人よりも、事件についての情報を持っているんじゃないかと思って」

拓人も腰を上げ、三人して棒立ちだ。顔をしかめ口をつぐむ。ため息をつき空を見上げる。

その空にはいつの間にか黒い雲が広がり、今にも降り出しそう。と思っている間にも大粒の雨が落ちてきた。祥子と美奈はあわてて傘を開き、拓人は自転車を押して、雨宿りの場所を探す。手水舎《ちょうずや》にかかる屋根が大きいのでその下に避難した。

みるみるうちに雨脚は激しくなり、悲鳴をあげながら走っていく人が何人か見えた。木々の葉を打つ音がバラバラと聞こえてくる。逃げ込んだ場所は中央に手水舎があるので、立っていられるスペースは広くない。屋根からも雨水が落ちてくるので、それをよけるためにも手水舎にもたれかかる。ぎりぎりの格好で、三人は一列に並んだ。

「ねえ、ショコ。捕まった犯人って、どういう人だったの？」

左に立つ美奈が話しかけてくる。

「近くの農家で働いていた、季節労働者の男の人。いたずら目的で連れ出し、騒がれたから殺してしまったと言われているらしい」

「ショコのお母さんはその人じゃないと思っているんだ」

「絶対にちがうってほどの強い気持ちではなく、もやもやしているみたい。というのも、捕まった人は最後まで無実を主張していたから」

「最後までって？」

「裁判の結果が出る前に、途中で亡くなったんだって。町の人の多くは、その男が犯人だと思っているけど、ほんとうにそうなのかなあって」

右隣から拓人が言う。

「もやもやをなんとかしたくて、父さんに相談したのか」

「そうらしい。三十年前と言えば、うちのお母さんも十歳の子どもでしょ。あまりにも突然のことで記憶はあやふや。行ったはずのお葬式も覚えていない。まわりも気を遣ってその話には触れない。それきり長い年月が経《た》ってしまった。だからまず、当時のことを知るところから始めなくてはならない……」

「なぜ今なんだろう」

拓人がぽつんとつぶやいた。昨夜、同じ言葉を祥子も母に投げかけた。白沢町に引っ越してきたのがきっかけだとしても、果たしてそれだけなのだろうか。

母は食卓の椅子から立ち上がると、ダイニングルームに置かれた棚に歩み寄った。オーク調の飾り棚の上には母の作ったアートフラワーが並んでいる。花びらや葉っぱになる布を染めるところから始まる、丹精《たんせい》込めた工芸品だ。母は習いに行った受講生のひとりだったのに、見込まれて教える側に抜擢《ばってき》されるほど腕は確かと言える。

その母がセンスよくまとめた花々の奥に手を伸ばし、何かを摘《つま》み上げた。バラやガーベラといった華やかな花に埋もれた小さな一輪。紫色のツユクサだ。

そんなもの、いつの間に作ったのだろう。野原に咲いている雑草ではないか。訝しむ祥子をよそに母は小花を見ながら言った。

ずっと気になっていたの。私はまだ、友だちの弔《とむら》いをしていない。しっかりしてよという声が聞こえてくるような気がする。だからしっかりしなきゃ。

やり残している宿題があるの。

祥子の話を聞いたふたりは、雨雲の広がる空模様によく似た表情で、それぞれの帰路についた。

数日後、美奈から連絡があり、白沢駅の近くで会うことになった。待ち合わせの場所に行くと拓人もいた。少し前だったら驚きのあまり硬直し、頭の中が真っ白になるような状況だ。いきなりはやめて、呼んだなら呼んだで前もって教えて、何を話せばいいのと、美奈に恨みがましい視線を向けていただろう。着ている物や髪の寝癖が気になって、まともな挨拶さえできなかったかもしれない。

でも今はあの話だとよくわかっている。新たな情報が得られるのかと期待が膨らむ。拓人は親しい人間にするような目礼だけよこす。祥子も自然な笑みを返せた。そのことに密かに感動してしまったが、浸《ひた》る間もなく美奈が話の口火を切る。

「あのあと私、家に帰ってからママに聞いてみたの。うちはママが白沢町の人で、パパが清水《しみず》の人なのよね」

美奈の母は南足柄《みなみあしがら》市のスーパーで働き、父は湯河原《ゆがわら》の病院で薬剤師をしている。

「前に、うちのママの方がショコのお母さんより年上だって話になったでしょ。だから事件のこと、どんなふうに覚えているのかと思ったのよ。そしたら、ママの弟がショコのお母さんと同じ年で仲がよかったらしい。家も近所だったそうなの」

「ミーナのママの弟」

「今度のことで初めて知ったけど、叔父さん、昔は食欲旺盛でころころ太ってたんだって。

でも事件があって食が細くなり、痩せてしまったらしい。家族も心配していたんだけど、高校の頃に親戚の養鶏場の手伝いをして美味しい卵に目覚め、大学は農学部。今は家畜向けの飼料を作っている会社で働いてる。体格はちょっと太めかな。お腹が出てる」

思わず「へえ」と声が出る。

「どこに住んでいるの？」

「さいたま市。ちょっと遠いでしょ。めったに会えないんだ」

会社も埼玉県内にあるそうだ。

「美奈のママ、他に何か言ってた？」

「すごく大きな事件で、毎日大騒ぎだったたって。女の子が行方不明になったのは夕方で、暗くなっても帰宅せず、家の人が捜索願を出したの。警察はもちろん、近所の大人たちもあちこち探したけれど、降り出した雨がどんどんひどくなり捜索は中断。小降りになった明け方から再開して、昼前に朝日橋の近くで発見されたの。そのときもう、亡くなっていたんだって」

駅前のベンチに腰かけ、ペットボトルの飲み物を手にしていたが、飲むことさえ忘れてぼんやりしてしまう。

「その子、朝日橋の近くに住んでたの？」

「ううん。上流に当たる高井橋のそばらしい。だから殺されたのもそのあたりで、増水した川に押し流されたんだろうと言われているみたい」

「みたい？」

祥子が聞きとがめると、美奈はうなずく。

「警察もいろいろ捜査したけれど犯行現場は特定できなかった。犯人も裁判の途中で死んでしまったでしょ。ママも詳しいことは知らなくて、もしかしたらその後、はっきりしたかもしれないけどって言ってた」

「美奈のママも小学生だったんだよね」

「そうなの。新聞やテレビを見て、大人の言ってることや友だちから流れてくる噂話で情報を得る。それがやっと。女の子が発見されてからは大勢の報道関係者が押しかけて、空にはヘリコプターが飛び交い、河原も学校もテレビ中継される。外を歩けばマイクが突きつけられる。ほとんどの人が家にこもっていたらしい」

各局でやっているワイドショーを思い浮かべれば、おおよそのところは想像がつく。のどかな農村に降って湧いた大事件だ。犠牲となったのはわずか十歳の子ども。殺人犯が野放しともなれば、マスコミのうっとうしさ以上に恐怖もあっただろう。

「犯人についてはどう？」

「ママは怒っていたよ。捕まった人が犯人だと思っているから。ほんとうはやっていても、だいたいの人は自分じゃないと嘘をつくんだって。そんなんで逃げられるわけない、洗いざらい早く話せと思っていたら、病気であっという間に死んでしまった。罪を認めることもなく、謝罪のひと言もなかった。亡くなった子の家族は謝罪なんて受け容《い》れられないだろうけど、墓前に報告くらいはしたかったでしょ。口惜しくてたまらなかっただろうって、ママがとにかく口惜しがっていた」

美奈の母はお料理やお菓子作りの得意な明るくて元気のいい人だ。祥子も皮から手作りの餃子《ギョーザ》や干し柿作りに参加させてもらった。餃子は美奈の家族と一緒に食べ、干し柿は後日、完成品をもらった。

「嫌なこと、思い出させちゃったね」

心の傷にできたかさぶたを剝がすようなものなのかもしれない。多くの人にとって胸の痛くなる事件だ。母も相談相手に悩んだのだろうとおぼろげに思う。

「土屋くんもお父さんに何か聞いた？」

「バレたなら仕方ないって顔をしてた。だから永瀬さんに話してもらってよかったよ」

現金なもので、拓人に言われて少し気持ちが軽くなる。

「父さんにしても事件当時は小学生だったわけだけど、新聞社に入ってから出身地を言うと、決まり文句みたいに『ああ、あそこ』という反応をされたらしい。それで初めて事件について考えるようになった」

「お父さんも調べたのかな」

「その気になれば過去の記事や資料を見ることができるからね」

遺体が発見されたあと、被害者少女が不審な男と一緒にいるのを見たという情報が寄せられ、警察はおおよその背格好を目安に該当者を絞り込んだ。浮上したのは少女の自宅近くの農園で働く男だった。

事情を聞きに行くと、落ち着きを失い、言うことがころころ変わる。事件当日のアリバイもない。捜査令状を取って男の荷物を調べてみると、事件当日少女が身につけていたハンカチが出てきた。これが決定打となり逮捕につながった。

話を聞いているうちに、男に対する祥子の印象は悪い方へとあっさり傾いた。無実を訴えながら亡くなったと言われれば気の毒で、ほんとうに濡れ衣《ぎぬ》だったのかもしれないと思う気持ちがあった。けれど逮捕に至る具体的な流れを聞けば、頭の中に類似事件がよぎる。この数年の間にも、変質者による非道な事件は複数起きている。

「捕まった男の人は、ハンカチについてどう言ってたのかな」

「知らないの一点張り。弁護士は何者かが故意に鞄に入れたと主張したけど、それが可能な周辺の人物にはアリバイがあった。捜査線上に他の容疑者が浮かぶこともなかった」

「今の話を、土屋くんのお父さんはうちのお母さんにしたんだね」

「うん。細かいことはもっといろいろあっただろうけど、内容は同じじゃないかな。でもって父さん、心配してたよ。新たな証拠の品でもあれば別だけど、とやかく言うのは危険だって。このあたりに住んでいる人たちにとって、拘置所で亡くなった男が憎むべき殺人犯なんだ。被害者を思えば絶対に許せない。もしかして濡れ衣かもと口にするだけで、犯人を庇っているように聞こえてしまう。最悪、犯人の仲間扱いされかねない」

祥子は目を剝いた。

「お母さんだって犯人を憎んでいるよ。一番の仲よしを殺されたんだから」

「その犯人、名前は『大島保《おおしまたもつ》』っていうんだ。当時を知る人たちの中で三十年間ずっと、名前ごと忘れられていない。大島保は犯人じゃないと口にしたら、たとえ『かもしれない』がついたとしても、馬鹿言うなと怒り出す人がいる」

捕まった人の名前は調べたので祥子にもわかっていた。声に出して言われ、初めて実感が伴う。自分の認識はそれくらいなのだ。住民たちの嚙みしめてきた思いはもっと深くて強い。美奈の母にしても話すそばから憤りが蘇る。

「念のため言っとくけど、おれの父さんもおれも、永瀬のお母さんを変な目で見てないよ。父さんが言うには、ひょっとして大島保と顔見知りだったんじゃないかって」

「うちのお母さんが？」

「うん。事件のあった夏、永瀬のお母さんや亡くなった子が、農場で働いてた人と親しくしていたらしい。父さんちは農場と離れていたから詳しいことは知らないし、記憶があやふやなんだけど、そういう話を聞いたような気がするって。もしもその人が子どもを殺したとなれば、ものすごくショックだろう。逆に、万にひとつでもちがう可能性があるのなら、真実を知りたいと思うんじゃないかって」

母の言っていた「宿題」とはそれだろうか。

三十年も昔の話を、今さら蒸し返せば反発に遭う。どこからどう攻撃されるのか予想もつかない。濡れ衣だとはっきりすれば誤解も解けるだろうが、そうでなければ非難された上にいっそう傷つく。

やめた方がいいと祥子は即座に思った。リスクが大きすぎる。でもあの横顔からすると母は容易に匙《さじ》を投げないだろう。見かけよりずっと頑固者なのだ。

「土屋くん、お父さんにお礼を言っておいて。生意気だけど、お母さんの話し相手になってくれてほんとうに助かった。心配もしてくれてありがとう。でも、ここから先は関わらない方がいいと思う。そう伝えて。お母さんがひとりで気のすむまで調べればいいんだもん。人を巻き込んじゃダメだよ。よく言っとく。ミーナのママの話も聞けてよかった。できれば今日話し合ったことは内緒にしておいて。迷惑をかけないよう、それもお母さんにしっかり言っとく」

ふたりとも眉をひそめて言い返す言葉を探しているようだったが、祥子は大丈夫と微笑んだ。

母は孤軍奮闘を余儀なくされるだろうが仕方のないことだ。むしろひとりだと動きようがなくて、調査をあきらめるかもしれない。

5

塾の帰り道、祥子は久しぶりにひとみと公園に寄った。日陰のベンチに並んで座り、水筒の飲み物で喉を潤《うるお》す。辛《かろ》うじてまだ冷たい。前期の模試の結果も出て、ふたりとも目標の偏差値にぎりぎり届いていた。大喜びはできないが、ほっと安堵《あんど》の息くらいはつける。よかったねえと笑いかける祥子に、ひとみはうなずいたものの、不満げな視線を寄こした。

「どうかしたの？」

「しらばっくれないで。私にしてない話があるよね。絶対ある。すごくある。聞かせてくれるまで今日は帰さないからね」

拓人から待ち合わせを持ちかけられてからここ数日、塾が終わるとそそくさと帰ってしまう日が続いていた。何かあったと思われて当然だ。

「長くなるよ。楽しい話でもないし」

「ぜんぜんかまわない。どうぞ」

芝居っけたっぷりに手のひらを差し出され、祥子は「あのね」と切り出した。

ひとみの勧めに従い白沢小学校のまわりを自転車でまわっていると、拓人と再会できた。祥子はぎごちない笑みを向けるのがやっとだったが、意外にも拓人の方から話がしたいと言ってきた。待ち合わせの場所や時間はすぐに決まり、翌日、会うことになった。

ここまでの話に、ひとみは仰け反ったり体をよじったり足踏みしたりと大興奮だ。喜んでくれるのは嬉しいが、そのあと急転直下の展開が待ち受けている。事情を聞かされて絶句し、ぽかんとしているひとみは、拓人から初めて話を聞いたとき、倉庫の前で立ち尽くしていた自分とそっくりだと思った。

拓人の父と祥子の母の密会は美奈も目撃者のひとりなので、彼女の浮かない様子も、夏休みにこっそり拓人と会っていたのも合点がいく。ひとみもなるほどとうなずいた。

そこからまた話は転がる。不倫疑惑が払拭《ふっしょく》されるのと引き替えに、三十年前の女子児童殺人事件が浮上するのだ。

犯人とされた大島保のことが多少なりともわかり、拓人にも美奈にも、もう関わらない方がいいと言った。そこまで話して祥子は黙る。ひとみは長く息をつき、しばらく黙り込んでから、近くの自動販売機に飲み物を買いに行った。ぬるくなった水筒のお茶ではクールダウンできないのだろう。

戻ってきたとき、カルピスウォーターを祥子の分まで買ってきてくれた。礼を言ってお金を払おうとしたが、珍しくおごりだと言われた。

「とてもエキサイティングな話を聞かせてもらったから」

「内緒だよ」

「わかってるってば。ミーナがおかしげな腹黒人間ではなさそうだとわかっただけでも収穫だわ。それでショコは？　やっぱりお母さんを止められないの？　話を聞く限り、土屋の父さんが言うように危ない気がするよね」

　それが目下の最大の悩みだった。身近な人を巻き込まないでほしいという祥子の願いは、もっともだと母も思ったようだ。迷惑をかけないと約束してくれた。不倫疑惑は母にしても不本意だったらしい。けれど事件を調べることは続けると言われた。白沢町から長いこと遠ざかっていたので、ブランクを埋めるところから進めるそうだ。

　いったいどうやって埋めるつもりだろう。踏み込んで尋ねれば、母は目を泳がせ言葉を濁す。効果的な具体策があるとは思えない。

　過去の関係者が同じところに住んでいるとは限らず、いたとしても顔を合わせるのは数十年ぶりになるだろう。お互いに旧交を温めることはできるかもしれない。楽しい昔話が出てくるかもしれない。でも悲惨な事件については、相手も避けたいのでは。切り出すのは難しく、反感を買わないよう気をつけながら探りを入れるのはもっと難しい。

「お母さんひとりに何ができるんだろう。どう考えても無理じゃない？　そう思っているのが顔や態度に出たみたいで、拗《す》ねたような顔をするのよ。子どもみたい。あきれていたら、私もおまじないをやろうかな、だって」

「おまじない？」

コスモスの花びらを使うあれだ。美奈から聞いてすぐ、少女漫画のあらすじを言うように母にも話してしまった。それを覚えていたらしい。にわかに、会いたい人に会えるおまじないだものねと言い出した。

「お母さん、誰に会いたいの？」

「それがね、ほんとうにひどいの。真犯人なんだって」

思い出しても腹が立つ。

「厚紙の左に『真犯人』って書いて、右に花びらを貼って折りたためば完成だと、嬉しそうに言うの。頭にきちゃった。好きな人に会いたいっていう純粋な気持ちを笑われた気分」

「恋のおまじないだもんねえ」

「でしょう。ただ名前を書いたり、花びらを貼ったりではダメなの。ひとつひとつの動作のときに、相手の顔を思い浮かべなきゃ効果がないの」

「それを言ったらお母さんは？」

「黙り込んでた。まったくもう。私にやり込められたと思って、わざとおまじないを持ち出したのよ。ちっとも信じていないくせに。ただの意地悪じゃない」

祥子がいろいろ言う横で、ひとみはペットボトルを揺らした。白いカルピスが内側で波立つ。

「お母さん、真犯人に心当たりがあるのかな」

「え?」

「ぜんぜん知らなければ、会いようがないでしょ。目の前に現れても気づかず、すれちがっちゃう。知らない人には会えないんだよ」

「でも知っていれば調べられるよ。おまじないに頼らなくたって会える」

「そうかな。三十年経っているんだよ。住まいが変わっているかもしれない。名前を知らないのかもしれない。十歳の子どもの頃の記憶なら、ありうることだよ。私だって昔、うちの近くで白い犬を飼っていたおじいさんがいたの。シロのおじさんって呼んで、よく散歩にくっついていったことがある。蔓《つる》を使って籠《かご》を編むのも教えてもらった。でも、いつの間にか会えなくなってそれっきり。ちゃんとした名前も仕事もわからない。顔は覚えているよ。三十年後はわからないけど、今なら会えば思い出すと思う」

まさかと受け流したかったが胸がざわつく。大島保ではなく、ひょっとして犯人かもしれないと思う存在が母にはいるのか。

「でもそれなら当時、誰かに言ったんじゃないかな。小学四年生なら、自分の親に話をするよ。おかしいと思う人がいると言えば、親だって聞いてくれる。殺人事件だもん。当時なら、名前がはっきりしなくても住まいがわからなくても、近くにいたってことでしょ。親も警察に相談したと思う」

「友だちが殺されたショックで気が動転してたんじゃなかったっけ。それが少し落ち着いてから親に話したとしても、すでに犯人が逮捕されていたのかもしれない。もう捕まったから心配しなくていいと親は言いそうじゃない？　ごまかすのでも揉み消すのでもなく、怯えて震えている我が子を純粋に安心させたくて」

この集落の人間にとって、犯人は大島保で確定していたのだ。

子どもだった母には、抗《あらが》うだけの気力も判断材料もなかった。

「いろいろ言っちゃったけど、誤認逮捕と決まったわけでもない。犯人はやはり大島って男だったのかもしれない。それをショコのお母さんは確かめたいんだろうね」

「お母さんが疑っている人が無実っていうのも、ありうるんだ」

「もちろんよ。ただね」

ひとみは眉根をきゅっと寄せ、真剣な顔になる。

「真犯人がいて、ふつうの生活を送っているとなると恐いね。絶対に過去の罪を暴かれたくないだろうから。疑って、探りを入れてくる人間がいたら、全力で潰しにかかるんじゃないかな」

手足の感覚がなくなる。まわりの音が薄れ、目の前の風景に靄《もや》がかかる。滑り台やジャングルジムで遊ぶ子どもたちもベビーカーを押して通り過ぎる人も遠くに感じる。

母は掃除も洗濯も料理もだいたいできて、人とトラブルになったこともなく、夫や子どもとは仲がいいと言えるだろう。アートフラワーを生み出す才能もあるらしい。アシスタント講師も秘書も続けられている。ふつうの人としてふつうに暮らすだけのスキルはあると思うが、危険回避能力がどれくらいあるのかはわからない。

真犯人がもしもいるとしたら、今現在は野放しだ。おまじないで会いたがるなど、冗談にもほどがある。どんなに警戒しても足りないほど相手は人でなしだ。

不安になって祥子は立ち上がった。早く帰って母の顔が見たい。やめろと今度こそ、強く言おう。ひとみもそうした方がいいとうなずいてくれた。

今日の予定は平塚《ひらつか》のカルチャーセンターで、一時から二時半までの教室があるだけだ。片付けや先生との打ち合わせがあったとしても、早ければ四時、遅くても五時には帰ってくる。今までずっとそのパターンだった。

けれど祥子が帰宅した五時十五分、家には誰もいなかった。南西の角部屋なので西日がきつく当たっている。エアコンのスイッチを入れてから着替え、手を洗って冷蔵庫の中のジャスミンティーを飲んだ。今日の夕飯はヒレカツの予定だった。昨日スーパーで半額セールになっているのをみつけたそうで、母は得意げに買ってきた。茹でたブロッコリーがまだあるので、あれとトマトで簡単なサラダが作れる。

お父さんがいればと、祥子は久しぶりに思った。ヒレカツは喜ぶだろう。サラダだけじゃなく枝豆や冷や奴《やっこ》も食卓に上るだろう。そして父がいれば、母の今について相談ができる。娘の自分に勝《まさ》るとも劣らない勢いで父は母の身を案じるはずだ。並みいるライバルの中で、どういうわけか自分のプロポーズを承諾してくれたと、未だにうっとり語る父だ。殺人事件の真相を探るなど、許すわけがない。大慌てで帰国してくるかもしれない。

いっそそうしてもらおうか。時計の針が進むにつれじっとしていられず、リビングをうろうろしていて、ふと、この前のツユクサのアートフラワーを思い出した。あれはなんだったのだろう。

探したが見当たらない。バラの奥にもガーベラの間にも潜んでいない。どこにやったのか気になって、母の寝室をのぞいてみた。すると窓辺のデスクの上に紫色が見える。

歩み寄って眉をひそめた。白い厚紙の右側に、ツユクサとコスモスが置いてある。どちらも染めた布で作られたアートフラワーだ。ツユクサはこの前と同じものだろう。コスモスはおまじないをなぞったのか。花びらは抜かれていない。そもそも造り物だから抜けないのだろう。

そして厚紙の左側には何もなかった。人の名前は書かれていない。真犯人とも書かれていない。

よかったと、思っていいのだろうか。

祥子が立ち尽くしていると電話が鳴った。リビングに戻って受話器を取ると、待ちに待った母の声がした。

「ああ、祥子。よかった家にいてくれて」

「遅いよ。もう駅に着いた？」

「まだなの。これからちょっと用事があって。悪いけど、夕飯は何か適当に食べといてくれる？」

よくあることだ。今に始まったことじゃない。不満げな声を出したあと、わかったと言うのが常だが。

「用事って何？　どこにいるの」

「ちょっとしたことよ」

「仕事？　先生は一緒にいるの？」

母は数秒の沈黙のあと、こう言った。

「あのおまじない、効いてるのかもしれない。会いたい人の手がかりが得られそうなの」

そんな馬鹿なと心の中で返す。無事な母の顔を見て、殺人事件に首を突っ込むなと強く意見するつもりだった。

間に合わなかったのか。

「帰ってきて。お願い。今すぐ帰ってきて。お母さんが会いたがっている人に、会ったらダメ」

「何言ってるの？　どうかしたの？」

「今どこ。答えて。お母さん、どこにいるの」

「帰るわ。すぐ帰る。心配かけているのね。ごめんなさい。あっ」

通話が切れた。誰かが来たのか。見かけたのか。ほんのかすかにざわめきが聞こえた。町中かもしれない。あるいは店の中か。嫌な汗が噴き出した。寒気が止まらない。

どうしよう。どうすればいい？

窓の外には夕焼けが広がっていた。不吉なまでに赤い色をした太陽が、黒い雲に飲み込まれていく。

止めることはできない。黙って見つめていることしか、祥子にはできなかった。

占いクレマチス

1

遠くから話し声が聞こえた。ここはどこだろう。沙也香《さやか》は瞼を持ち上げる。

エアコンの効いた心地よい空間だ。窓辺にはベンジャミンやパキラといった観葉植物が並び、白いレースのカーテンは明るく膨らんでいる。その向こうに見える風景は電信柱や放置自転車、向かいの建物の灰色の壁。

おばあちゃんとこだ。

我に返り、少しだけ身じろぎした。何時だろう。予備校の夏期講習に行かなくてはならない。その前に昨日の復習をやろうと思い、予備校近くにある祖母の喫茶店に寄った。

今日が定休日というのは知っていた。日曜日と木曜日の週二日、定休日が設けられている。休みといっても、店の人たちがケーキの仕込みやら事務作業やらで中にいることが多い。その場合は営業日よりも居心地がよくなる。残り物のケーキやスープを分けてもらえるのだ。

沙也香は「本日　定休日」の札を横目にドアノブをまわした。鍵はかかっておらず、中に入ればほどよく空気が冷えていた。表の猛暑に比べればまさに天国だ。こんにちはと声をかけても返事はなく、トイレだろうか、近くに買い物だろうか。首をひねりながら奥の座席に腰を下ろした。

そこから先の記憶がない。勉強どころか鞄を胸に抱えたままだ。昨夜の寝不足がこたえたらしい。アプリゲームをやり過ぎたからとわかっているので誰にも言えない。今はまだ高二だが、志望校合格のために予備校くらい行かなくてはと、自分から言い出し受講料を払ってもらった。高校の部活も忙しい。ゲームをするひまなどない。そういうストレスからついやってしまうという悪循環には気をつけなくては。

幸い、深い睡眠を取れたので頭はすっきりしていた。思い切り伸びのひとつもしてみたいが、できない事情があった。

依然として話し声は続いている。沙也香の座る椅子の背後にはパーティションが置かれて、その向こうに祖母ともうひとり女性がいる。定休日の今日、祖母は誰かしらの相談を受けているにちがいない。

ときどき聞こえてくる話の内容からすると、相談者には行方不明の身内がいて、その安否や今現在の居場所などを尋ねているようだ。

「先生」

呼びかける声は真剣で悲愴《ひそう》感さえ漂う。

「今の言葉からすると、母はまだこの世にいるんですね。どこかで生きているんですね」

「上島《うえしま》さん」

「すみません。大きな声を出したりして」

「ううん。それはいいの。今日はここに、ふたりきりですもの。なんの遠慮もいらない。ただね、気持ちがぐらぐら揺れていると、見えるはずのものも見えなくなったりするの。お母さまの無事を祈るあなたの気持ちは痛いほどよくわかるけれど」

「三十年です。三十年。突然いなくなったきり母は……」

沙也香は自分の手を口元にあてがう。長い年月に驚いたが、声を出すわけにはいかない。息を殺していると表の道路に廃品回収のトラックがやってきて、ふたりのやりとりがほとんど聞こえなくなった。そばだてる耳に、「殺された」という言葉が入りぎょっとする。

「母は真犯人に心当たりがあったんじゃないかと思うんです」

「あの事件の犯人は逮捕されましたよね」

「はい。でも、捕まった人は亡くなるまで無実を主張してたんです。ひょっとしたらと思いませんか。先生、それも占ってもらえないでしょうか。あの事件は解決してるんでしょうか。それとも、してないんでしょうか」

沙也香が椅子から立ち上がったのは、相談者が帰ったあと、祖母がドアの鍵を内側からかけてからだ。万が一、お客さんが引き返してきても、いきなりドアを開けられるおそれがない。

「サヤちゃん」

「ごめんなさい。気がついてた？」

ジーパンにスニーカー、キャミソールにカーディガンというラフな服装の沙也香と異なり、祖母はオリーブ色のワンピースにレース編みのボレロを羽織り、アクセサリーも各種身につけていた。髪の毛はウィッグでボリュームを出し、メイクも手抜かりがない。根っからおしゃれな人というより、祖母なりに仕事向きの装いだ。

「終わったところで気配を感じてびっくり。途中じゃなくてよかったわ。集中力が消し飛ぶところだった」

「ごめんなさい。勉強しようと思って椅子に座ってすぐ寝ちゃったの。おばあちゃんがお客さんと入ってきたこともぜんぜん知らなかった。気がついたらすぐ近くでやりとりしてて。ほんとうに最後の頃よ」

祖母は険しい顔のまま近くの椅子に腰かけた。沙也香はすかさず厨房《ちゅうぼう》に走り、冷たい水を入れて持ってきた。差し出されたコップを受け取り、祖母は一気に飲み干す。

「気がつかなかったのは私の失敗だわ。やりとりをあなたに聞かせてしまったことも私の責任」

「心配しないで。誰にも言わないし、全部なかったことにする。大丈夫だって」

「信じていいのかしら。相談者に迷惑をかけるようなことは絶対に避けたいの。わかってちょうだいね」

うなずく沙也香を見て、祖母はようやく椅子の背もたれに体を預ける。疲労のにじむ顔をしていた。相談者の前では、七十二歳という実年齢を忘れさせるほどしゃんとしていたが、今はくたびれきった高齢の女性、お婆《ばあ》さんだ。体もひとまわり小さくなったように感じられる。翡翠《ひすい》やトパーズなどの装身具も、いつもの強い輝きを失っている。

人の運命を見るというのは、なかなかの重労働らしい。

祖母が占いに興味を持ったのは十代の頃だそうだ。四柱推命《しちゅうすいめい》や占星術、易《えき》、タロットカード、手相、姓名判断と、占いにまつわる本を読みあさり、高卒で働くようになってからは占い師の肩書きを持つ人の講演会やセミナーに参加した。あるときついに「この人だ」と引きつけられる師に巡り会い弟子入りを志願した。するとこう言われたそうだ。

「あなたにはもうすぐ運命的な出会いが訪れる。新しい生活が始まる。その生活を送ったあとでも弟子入りを望むならまたいらっしゃい」

断られただけのような気がしたが、じっさいにその半年後、祖母はひとりの男性と知り合った。結婚し、沙也香の父になる男の子が生まれた。その子が小学校に上がるのを機に、師と仰ぐ人のもとを訪れたところ、今度は弟子として受け容れてくれたそうだ。

占いを快く思わない人はいる。偏見はつきものだ。心得ていたので家庭生活と極力《きょくりょく》切り離し、習い事や稽古に通う体《てい》を装い、師のもとで研鑽《けんさん》を積んだ。やがて人の相談に乗れるようになって独立。今から三十年前、小田原に自分の店を構えた。

表向きは喫茶店だ。パーティションで区切られた奥の席で占いの要請に応じる。十五分から三十分程度のごく軽い案件で、本格的な依頼は定休日に行っている。

大事な仕事だとわかっていたのに、ついうっかりしてしまった。沙也香は祖母の背後にまわり、両肩に手を伸ばした。指先に力を入れてゆっくり揉みほぐす。拒絶に遭わないでホッとする。

「サヤちゃん、マッサージ師になるといいかもしれないわね。うまいもの」

「ありがとう。候補に入れとく。占い師は大変そうね」

祖母は華奢《きゃしゃ》な体をしているので力の入れ加減が難しい。優しくそっとを心がけるが凝り固まっている部分もあり、なかなかほぐれず、押していると指が痛くなる。

「大変ではあるけれど、マッサージと似ているところがあるかもよ。あそこかな、ここかなと手探りで押しているうちに、体の方が応えてくれたりするでしょう？　その、メッセージみたいなものを見逃さず、ちゃんと受け取ってこちらも発信する。会話が深くなり、最初は茫洋《ぼうよう》としていたものがだんだんクリアになっていく。見えなかったものが見えてくるの。それをどう読み解くかは……マッサージ師の腕次第なんでしょうね」

「占い師の腕の見せ所でもあるのね」

わかりやすい話に沙也香は言葉を合わせた。

「そういうことになるんだけれど、明確な答えを教えてあげられるわけじゃない。材料を差し出すだけ。受け取り方は人それぞれよ。力になりたいと思っても、なっているかどうかは怪しい」

祖母の吐息の向こうに、ついさっき耳にした会話が蘇った。

「おばあちゃん、さっきの人、三十年も前にいなくなったお母さんを探しているんだね」

「ええ。でも」

沙也香にではなく、まるで自分に話しかけているかのように祖母は言った。

「あの人がほんとうに探しているのはちがう人よ。その人を見つけられたなら、お母さんにもきっと会える」

生きているお母さんだろうか。それとも。

店内が急に暗くなる。太陽が雲に隠れたらしい。夏の日差しが途絶え、明るく膨らんでいたカーテンは別物のように陰《かげ》りをまとった。

2

白沢町に住む沙也香は町営バスだと最寄りの停留所から三つ先、歩いても十八分という近さにある県立白沢高校に通っている。途中に坂道があるので自転車には不向きだ。「中学生みたい」「昼ご飯を食べに帰ったら」などなどからかわれつつ豪雨の日以外、ほぼ毎日せっせと歩いている。

家族や隣近所の人にも誤解されているのだが、沙也香が白沢高を選んだのは家から近かったからではない。朝の八時まで布団の中にいても八時三十五分には校門をくぐれる日常は計算外の利点だ。もはやそれ以外の生活ができそうもなくて先々が恐いけれど、朝寝坊以外に沙也香を引きつける魅力があった。

新聞部だ。中学二年生の秋、友だちに誘われ白沢高の学園祭を見に行った。沙也香には四つ年上の兄がいるが、秦野の高校に通っているので、白沢高は近くとはいえ訪れるのは初めてだった。焼きそばやパンケーキの屋台、仮装コンテストや吹奏楽部のパレードを楽しんだのち、校舎に入った。

教室を利用しての喫茶コーナーやお化け屋敷、クイズ合戦などは人が多くてなかなか入れず、展示物だけだとどこもがらんとしている。両極端な中、一カ所だけ、静かに人を集めている教室があった。入り口で手渡されたのは、いかにも手作りっぽい新聞だ。大きさはA4サイズ。両面印刷のふたつ折りになっていて、見出しには「号外」とあった。

チラ見しながら展示物へと目を向ければ、総力取材と銘打って、広島における豪雨災害のボランティア体験記が貼り出されている。災害の勃発《ぼっぱつ》から現状までをわかりやすく解説した上で、夏休みを利用した二泊三日の現場レポが、写真やイラストと共に紹介されていた。

体験記にとどまらず、昨今のボランティア事情にも触れ、白沢町の防災に対する取り組みにも言及している。

高校生でもこんなことができるのかと、沙也香は内心とても驚いた。聞けば新聞部では毎年、二年生が主体となってテーマを決め、学園祭で発表しているそうだ。

その翌年は新聞部目当てに出かけたところ、前年の硬派なテーマから一転、アイドルグループのオーディションに挑戦する在校生が取り上げられていた。単なる付き添いレポではなく、過去から現在に至るアイドルグループ史を繙《ひもと》きつつ、プロデュースする側への取材も行っている。現役アイドルにも話が聞けたらしい。

沙也香は白沢高校への進学を希望し、入学後は迷わず新聞部の門を叩いた。一年生の夏、一学年上の先輩たちは早い時期から学園祭に向けてオカルトネタをテーマに据《す》えていた。心霊スポットや肝試《きもだめ》しにぴったりの神社、妖《あや》しい言い伝え、幽霊目撃談などを次々にピックアップしていた。

「それで、どうしてやめちゃったんですか」

夏休みの部活登校日、西校舎二階にある新聞部の部室で、沙也香たちは今年のテーマについて話し合っていた。去年のいきさつを一年生に話していると、もっともな質問が飛んできた。

「オカルトネタ、面白そうじゃないですか」

そう言われ、沙也香と同じく二年生の岡部《おかべ》芳康《よしやす》が応じる。

「たしかによかったんだけど、ある意味、よすぎたんだな」

百九十センチという長身に長い顔、ひょうひょうとした男だ。中学の頃から新聞部で、愛読書は『クライマーズ・ハイ』と『64《ロクヨン》』だそうだ。大学はなんとしてでもミステリ研究会のあるところに入りたいと、先輩に言っているのを小耳に挟んだ。新聞記者ではなく小説家を目指しているのかもしれない。

「取材に緊張や度胸はつきものだけどさ、この町にはマジでやばいのがあるからね」

そのとなりに座っている、やはり二年生の池山《いけやま》圭太《けいた》が、下級生の前でカッコをつけるかのように気取って言う。岡部とは反対に、ぽっちゃりした丸顔の男だ。笑顔に愛嬌《あいきょう》があって、今もカッコつけの空回りなのが下級生には楽しそうだ。新聞部には同じ中学出身の先輩に引っぱられて入ってきた。

「やばいって何ですか。教えてくださいよ」

二年生は沙也香を入れて四人いる。岡部、池山の他にもうひとり。

「それはね、オカルトネタにしようと思って、事前の下調べに行ったときに、先輩の撮った写真に写っちゃってたのよ。ほら、幽霊が」

最後のひと言に、たっぷり「溜《た》め」を付けて言う。中村未玖《なかむらみく》だ。たちまち一年生の間から「きゃー」とやかましい声が上がった。

「どこですか、それ。学校の近くってことですよね」

「前から出る出るって噂があったの。でもほんとうに遭遇してしまうと、あっちの暗闇もこっちの暗闇も恐くなるでしょ。手も足も出なくなってこのネタはあきらめたわけ」

「未玖先輩、場所どこですか。教えてくださいよ」

下級生にせっつかれ、未玖は机に置いてあった地図を広げる。白沢町の南部をのぞき込んで川に沿った一点を指差した。

「沢戸川の下流の朝日橋。知ってる？　もうずっと昔になるんだけど、ここって女の子の遺体が見つかった場所なのよ」

一年生全員が顔つきを変える。

「首を絞められて殺されたんだって」

聞き苦しい「きゃー」は発せられず、沙也香は少なからず胸を撫で下ろした。かなり昔の話ではあるし、犯人は捕まったようだが、小さな子どもが亡くなっているのだ。浮わついた反応はしてほしくなかった。

頭のかたすみを祖母の喫茶店がよぎる。相談者の女性が話していた過去の事件とは何を指しているのだろう。

「その、殺された子どもの幽霊が出るの。真っ暗な夜中とか人気《ひとけ》のない明け方とか、雨の日でもないのにずぶ濡れで下を向いていて、ふっと消えてしまう。いなくなったあとには道路に水たまりができているらしい」

「それくらいにして。脱線のしすぎ。今年の話をしなきゃいけないんだから」

「でもねえ、心配よね。気になるよね。あのさ、この中で蠍《さそり》座の人いる？　今日の運勢、『好奇心が災いする』だからね。気をつけて。沢戸川には近付かない方がいいよ」

一年生の男の子がガタリと椅子を鳴らした。人さし指を自分の鼻にあてがい、口を開こうとするので、その前に沙也香は手をひとつ叩いた。

「幽霊の話はここまで。去年の先輩たちはオカルトネタから思いきった方向転換をして、みごと成功させた。そっちの話の方が有意義だよ」

白沢町の地図をずらし、空いたスペースに小田原市の地図を広げる。今度は沙也香が北西部に指先を置いた。西《にし》が丘《おか》団地。昭和四十年代にできた古い団地だ。住民が減って空き家が目立つようになったここに、再生を懸けたリノベーションプロジェクトが立ち上がり、その過程が去年のテーマに据えられた。

単に調べて取材して記事にしただけでなく、白沢高校の園芸部や美術部を巻き込んだことも画期的と言える。団地内の花壇のひとつを任された園芸部は、何をどう植えるかプランを立て、秋には色とりどりの花を咲かせた。美術部は集会室のある建物に、自分たちのデザインした絵をペインティングした。学園祭では華々しく紹介された。

「ここ数年、ほんとうにレベルが高いから、心して当たらなきゃって思っているわけよ。頑張ればいいものができるって、先輩たちが示してくれたんだもん」

やる気があるからこそ入った部活であり、高校でもあった。でも同学年が四人というのは例年より少ない。ほんとうはもうふたりいたのだが、いかにもリーダー気質だったひとりは、親の転居に伴い転校してしまった。もうひとりは他にやりたいことができたと言って退部した。学校もさぼりがちなので、やりたいことは校外にあるらしい。

最初から少ない人数ならば早い時期から準備を始めていただろう。けれどふたりの離脱は二年生になってからで、次期部長を誰にすればいいのか、あたふたしている間にも時間は過ぎた。結局、沙也香が引き受けることになり、副部長には岡部がついた。

そこからあわててアイディアを募《つの》ったがどれも決め手に欠けている。

沙也香自身は生徒会の選挙を間近に見て、それに春先行われた統一地方選挙を重ね合わせて、「議員って何？」「政治家って何？」というテーマを挙げた。けれど部員たちの反応は鈍い。硬すぎる、わくわくしない、興味ない。乗れない理由はそんなところらしい。説き伏せるだけの材料が今のところ見つかっていない。

「もう時間がないから、とにかくテーマを決めよう。このさい、仮決めでもいいから一本に絞り、やれるかどうかを具体的に考えて見切り発車でＧＯ」

夏休みの間にどんどん進めて、九月に記事の骨格を作り、十月は展示物としての仕上げ作業に入るのが、例年のタイムスケジュールだ。

「おれ、ちょっと思いついたことがあるんだよね」

ファミレス徹底比較を提案した池山が、指の間でシャープペンを回しながら言う。

「去年のボツ案、オカルトネタの中に床石《とこいし》地区の廃ホテルがあったろ。あれをいろんな角度から調べてみたらどうかな」

「もしかして廃墟《はいきょ》ネタ？」

沙也香は眉をひくつかせた。

「新しくないよ。今さらだよ」

「あそこのこと、クレカはどれくらい知っている？」

苗字が呉《くれ》なので、顔見知りはみんな、クレサヤカを略して「クレカ」と呼ぶ。

「十年くらい前に建てようとして、途中まで造られたのに、完成前に止まったまま放置されてるんでしょ」

白沢町の住民なのでそれくらいは知っている。敷地に杭《くい》が打たれ、建物のまわりには侵入防止の鉄条網が張り巡らされていると聞いたことがある。こじ開けて不法侵入を試みる者はいるのかもしれない。今どきなら建物内の写真がネットに載っているのかも。

「私たちじゃどんなに頑張っても中には入れないよ。違法行為を記事にするわけにはいかないもん」

「あの建物、どうして建設が途中でストップしたのか、理由を知ってる？」

「お金がなくなったんじゃない？　建てようとしていた……施主《せしゅ》っていうんだっけ、その人が資金難に陥《おちい》ったとか」

「ちがうよ」

あっさり否定される。

「通るはずの道路が、通らなくなったからだ」

池山が広域地図を引き寄せ、太い指を滑らせる。

「赤尾《あかお》の交差点から秦野まで通じる道があるだろ。これ新しい道で、最初の計画では白沢町を通るはずだったんだ。でも変更になって、となりの平沼町《ひらぬまちょう》を抜けていくことになった」

「どうして？」

「負けたんだってさ。白沢町と平沼町と、どっちも自分の町に通ってほしかった。秦野まで整備された新道ができれば、伊勢原市も厚木市もぐんと近くなる。通勤通学、買い物が便利になるじゃないか」

話の途中で、岡部が身を乗り出して言う。

「平沼町って最近、住みたい町ランキングの上位に入ったんだ。びっくりした。オートキャンプ場やボルダリング施設、スパと、新しい施設がいろいろできたもんな。おれも家族とバーベキューに行ったよ。手ぶらで行っても器具や食材をみんな用意してもらえるんだ。トイレもベンチも綺麗で、すごく賑わっていた」

「よく考えてみろよ。そういうのみんな新しい道路の近くだろ。お客さんを呼べる施設を誘致するためにも、なんとしてでも道がほしかった。本気の綱引きをして白沢町は負けたんだ。この前、うちの親戚のところで法事があってさ。もうほんと大変だった。白沢町に住んでいるうちのじいちゃんと、平沼町に住んでる親戚のじいさんが道路の建設を巡って大げんか。おまえんとこの村が卑怯《ひきょう》な手を使っただの、そんなのあるわけないだろ、負け犬めだの。取っ組み合いになるところを、みんなで押さえて引き離した。それで、過去のいきさつを知ったんだ」

平沼町にあるキャンプ場やスパは沙也香にしても羨《うらや》ましかった。自分のところの町にもあればいいのにと思っていたけれど、ないものはしょうがない。あきらめるしかなかった。でも池山の話がほんとうならば、白沢町にもチャンスはあったということか。

未玖が「ん？」と疑問の声を出す。

「あのさ、廃ホテルっていうのは、道が通らなくなったから途中でストップしたと、さっき言ったよね。それまでは白沢町に決まっていたってこと？」

「まあ、いわゆるフライングだな。決まる前から造り始めた」

「えーっ」

「聞いてくれよ。ホテルを建てようとした人は、白沢町で古くから続く旅館を経営していて、新しい道路に町の未来を託したんだよ。白沢の自然を活かした、みんなの集まるリゾート施設の誘致計画を掲げ、その先駆けとなるよう、ホテル建設に踏み切った。『新道は白沢町』というアピールに本気の熱意を示したわけだ。町の人たち……とりあえずうちのじいちゃんは強く胸を打たれ、その話になると未だに頭に血が上る」

「でも結局はダメだったんでしょう？　今さら何を調べるの」

もっともな未玖の指摘に、池山は口を尖らせる。

「なんかできないかな。当時は白沢町と平沼町、それぞれの出身である立候補者が、うちの町に必ず道路を通すと公約して、派手な選挙戦を繰り広げた」

「選挙？」

未玖に代わり、沙也香が聞き返す。

「そうだよ、クレカ、政治ネタをやりたいって言ってたよな。どう？　十数年前ではあるけど、町の未来を決める戦いが、選挙に託されじっさい行われたんだ。面白くない？」

キャンプ場やスパとなったら遠い話ではない。高校生にも関係はある。

「中村もさ、とびきりのオカルトネタがあるよ。廃ホテルの施主は、道路計画が立ち消えになったことで負債を背負い込み、何代も続いた老舗旅館を潰してしまった。だからあのホテルには施主の幽霊が出るんだって。いかにもそれっぽいだろ」

「その人、もう亡くなってるの？　もしかしてホテルで首を……。わー、やめて。私の好きなのは星占いやスピリチュアルな場所なのよ。ぜんぜんちがう。でもそのホテルはちょっと見たいかも」

もうひとりの二年生、岡部はと思って視線を向けると、すまし顔で肩をすくめる。

「道路が平沼町に決まったとき、水面下で『何か』行われていたとしたら面白いね。賄賂《わいろ》や密約みたいな裏取引だったりして。十数年経ち、今なら口を割る人がいるかもしれない」

そんな黒々としたことがほんとうにあったなら、学園祭の発表にふさわしくないのではないか。となり合うふたつの町に、わざわざ諍《いさか》いの火種を放り込まなくてもいいのではないか。

沙也香の中に警戒心がよぎったが、他に気の利いたネタが浮かばない。

一年生たちは、「よくわからないけど進展したのかしら」「だったらめでたい」くらいのゆるいスタンスだ。新聞部の中で白沢町に住んでいるのは沙也香だけ。平沼町の住民もいない。みんな電車やバスを乗り継いで、平塚や伊勢原などから通っている。ふたつの町の対立は、過去だろうと現在だろうと他人事《ひとごと》なのだろう。

「先生になんて言おう」

新聞部の顧問は、三年生の社会科を担当している菅井由紀矢《すがいゆきや》先生だ。却下されたら白紙に戻る。

「まだ言いようがないから、もう少し固まってからでいいよ」

そして副部長の岡部はてきぱきと、廃ホテルの見学日程をその場で詰めた。

3

高校は白沢町の南部にあり、廃ホテルは北西部に建つ。平沼町はそこからさらに丘陵地帯を隔《へだ》てて北に位置する。

ボツになった道路は白沢町の北部を横切る予定だったらしい。

話が出てから三日目の昼過ぎ、新聞部の二年生四人は、巡回バスの時間に合わせて白沢駅前に集まった。目的地まで徒歩だと三十分近くかかる。行きだけでもバスを使いたかった。

始発なので定刻どおりに出発したバスに揺られ、北に四つ目、「床石」というバス停で降りる。農道のところどころに民家らしい屋根が見えるだけの静かな場所だ。地図を頼りに脇道に入れば、草ぼうぼうの荒れ地や雑木林、朽ち果てた工場、資材置き場しか目に入らない。足元のアスファルト道路もところどころひび割れて雑草がのぞいている。静かなのを通り越し、ひどく寂れている。当然、人影はなく、すれちがう車もない。

十数年前にはもう少し活気があったのかもしれないが、こんなところによくホテルを建てようとしたなと感心してしまう。道々聞いた池山の解説からすると、当初の計画では、新道は荒れ野を横切り、ホテルの敷地に隣接して通されるはずだった。

もしも道が通っていたらと想像すらしにくいところを四、五分歩いた。街路樹もなければ家の軒先もないので、雲間から太陽が出ると真夏の日差しが直撃だ。みんな帽子を被《かぶ》っていたが、たちまち汗がにじんでくる。暑い暑いと言っているうちに、空に向かってまっすぐ立つ鉄骨が見えてきた。

まばらに生えている木や背の高い雑草に縁《ふち》取《ど》られ、平らな土地が広がっている。アスファルトではなく砂利が敷き詰められ、そこかしこに草がはびこっている。風に吹かれて舞う白いビニール袋が乾いた音を立て、空き缶やペットボトルが散乱している。その先に鉄パイプとパネルを組み合わせた柵が設置されていた。

パネルは方々で割れ落ち、鉄条網で補修されている箇所もあるが、ほったらかしの部分もある。四人は歩み寄り中をのぞき込んだ。体を屈めれば中に入れそうだ。顔を見合わせ周囲をうかがい、順番に鉄パイプをくぐり抜けた。

コンクリート打ちっ放しの壁に覆われた、四、五階建ての殺風景な建物を想像していたが、実際に来てみれば壁がない。コンクリートを流し込んだ基礎の上に、鉄柱がそそり立つだけだ。屋根もなく、吹きさらしの雨ざらし。すべてが白日の下《もと》にさらされていて、昼間のうちなら不気味さもあまり感じない。

「ほんとうに途中でやめたんだな」

「すごく虚しい眺め」

言いながら建物の周囲を歩いていると、正面玄関らしい場所をみつけた。ちょうど日陰だったのでコンクリートの段差に腰を下ろすことにした。それぞれが持参した飲み物で喉を潤す。未玖は昼ご飯がまだだと言って、駅前のコンビニで買ったおにぎりを食べ始めた。

「あれから何かわかったことある？　私は町議会議員や県議会議員のことを調べたけど。まだそれくらい。道路をめぐって平沼町と対立したのは県議会議員選挙のときだったのかな。四年ごとにあるみたいだから、十二年前とか十六年前とか」

沙也香の言葉に池山が応じる。

「じいちゃんに詳しく聞いてみた。新聞部で取り上げるかもしれないと言ったら驚いたあと、すごく喜んでくれたよ。なんでも聞いてくれってさ。道路問題が争点になったのは十二年前の県議会選だ。白沢町出身の立候補者は当選した」

「平沼町の候補者に勝ったの？」

「うん。じいちゃんの話では、支持者たちはハチマキや法被《はっぴ》を自腹で作り、同じ選挙区である近隣の集落にも行って、清き一票をお願いしますと訴えた。その甲斐あって候補者は当選したんだって。投開票日の夜には選挙事務所に支持者が大勢集まり、当選確実の一報が入るやいなや、地響きみたいな歓声があがった。万歳三唱の興奮を昨日のことのように覚えているってさ」

沙也香は自分のノートを取り出し、池山の話をメモ書きした。

「それなのに道路は、平沼町を通ることになったの？」

「選挙からわずか半年後に決まった。白沢町で決まりだと思っていたから、じいちゃん曰く、奈落の底に突き落とされたようなものだったと」

「理由は何なの？」

「白沢町ルートの予定地に沢戸川の支流があって、それをいじると大雨のときに大変なことになるかもしれないと、調査の結果が出たんだって。そんなのこじつけだと、じいちゃんはまたカッカしてた」

十二年前、正式に決まった平沼町の予定地も、ほとんどが荒れ野や雑木林だった。土地買収はスムーズに進み、翌年には着工。その八年後に秦野市に通じる道路が完成した。今から三年前のことだ。キャンプ場やスパはすでに建設が始まっていたので、道路が開通して間もなくオープンを迎えた。わずか十一、二年で、平沼町は様変わりしたことになる。

「選挙運動を頑張って、議員まで送り出したのに叶わなかったんだね。そりゃおじいさん、口惜しいよ。白沢町でそんなことがあったなんて、ぜんぜん知らなかった」

「口惜しすぎて未だに気軽にしゃべれないんだよ。工事そのものは山の向こうだから見えなくて、我が家の平和はなんとか保たれているわけだ。クレカの家の人はなんか言ってなかった？」

「うちはお父さんが二宮《にのみや》、お母さんは南足柄市で働いてるの。どっちも南方面だから、北の道路には関心が薄いみたい。話をしても『そんなこともあったね』くらい。おじいちゃんはもう亡くなっているし、おばあちゃんは十年以上前から小田原に住んでいるし」

　母方の祖父母は湯河原《ゆがわら》にいる。

「そんなものかもな。っていうか、薄い方がいいよ。ダメだった場合、頑張った分だけダメージも大きくなる」

　池山に言われ、いつもだったら「だよねえ」と軽く合わせるが、学園祭を思うと今頑張らねばならない自分たちが、そんなふうに思ってはいけないような気がする。

「岡部も何か情報ゲットした？」

　さりげなく話を変える。

「おれはホテルの施主について調べてみた。『なでしこ荘』という旅館の主《あるじ》だったらしい。名前は瀬田和昌《せたかずまさ》さん。十二年前で五十いくつだから、今は六十代か」

「生きているの？」

思わず聞いてしまう。

「たぶんね。なでしこ荘は町の西部にある『白沢の滝』の入り口付近にあった。今はもうないんだけど、ネットで探せば利用客のブログとか昔の観光案内サイトとか、いろいろみつかるよ。創業は昭和五年というから、この辺りでは一番の古い宿だったんじゃないかな」

「道路が通らなかったせいで潰れちゃったの？」

沙也香は背後にそそり立つ黒い鉄柱を指差した。

「そうなるね。老舗旅館の経営者が、地域の活性化を目指してホテル建設に踏み切ったから、みんなも心をひとつにしたんだと思う。旅館そのものも客足が減り、新道建設は一縷《いちる》の望みでもあったらしい。もしかしたらホテルの建設計画がなくても旅館を続けるのは厳しかったのかも。でも、ここの負債が決定打になったのはまちがいない」

道路建設は死活問題だった。そして結果は「活」ではなく「死」。

車の音も人の気配もない寂れた土地の廃墟に腰を下ろし、白茶けた地面を見ていると、自分の心も干からびてしまいそうだ。死力を尽くしたのに叶わなかった人々の思いが、砕けてそこかしこに散らばっている。

岡部の話は続く。

「町の人たちも旅館に愛着があったんだろうね。ホテル建設も含めて応援していたから、イケのおじいさんみたいに空振りになったショックは大きかった。当選した議員を責める声はすごかったみたいだ」

「ああ、そうか。しょうがないのかもね。自分が県議会議員になったら道路は白沢町に通すと、公約したんでしょ。大口叩いて何やってるんだと、怒りたくもなるよ」

「うん。結果を報告する集会は荒れに荒れたらしい。『ふざけるな』『バカヤロー』『どの面《つら》さげて』ってさ。議員はうなだれて謝り続けるしかない。そんなとき旅館の瀬田さんが立ち上がり、議員を庇ったそうだ。『この人だって精一杯、町のために頑張ってくれた』『おれはおれで、自分の判断で動いた。その責任は自分で取る』って。こういう言葉、ちゃんとブログに残している人がいるんだ。当時の日付だから信憑性《しんぴょうせい》はあると思う。集会に居合わせた人たちは瀬田さんの言動にびっくりして、怒声《どせい》は静まった。一番痛手を受け、実質的な損害を被《こうむ》ったのは瀬田さんだもんな。その人の言葉には説得力がある。涙ぐむ人もいたそうだ」

「すごい人だね。イケのおじいさんもその場にいたのかな」

「いたと思う。絶対にいた。怒号も上げたはずだ。瀬田さんの言葉で男泣きに泣いたことも想像がつく」

今だったらYouTubeに動画が残っているのかもしれない。

「とにかく大荒れの集会を経てホテル建設は宙に浮き、一年後に旅館は負債を抱えて倒産した。翌年、取り壊されて今では更地《さらち》になっている」

「瀬田さんはその後、どうしているの？」

「夜逃げ同然で町を出たと書いている人がいた。まあ、そうなんだろうね」

言葉がすぐには出ない。重たい話だ。一本の道路、一回の選挙に多くのものが詰まっている。

聞き応えはあったが、これをどうさばくのかと思うと沙也香の気持ちはさらに沈み込む。率直に言って難しいのではないか。「あきらめ」の四文字が浮かぶ。

「考えさせられることは多いけど、学園祭のテーマとしては厳しくない？」

池山は空を見上げ、うなずくような仕草をするけれど曖昧だ。岡部は腕を組んで首をひねる。

「ネタとして悪くないとは思うんだ。白沢町でじっさいに起きたことだし、道路建設に翻弄された悲劇の老舗旅館ってとらえれば、言い方は悪いけどドラマチックじゃないか。夢をかけた人々と、挫折《ざせつ》の物語でもある。そこから得られる教訓をもっともらしくうたいあげると、それなりにカッコがつかないかな」

「形にはなるかもしれないけど、弱くて地味だよね」

硬すぎるし、わくわくもしない。沙也香は鞄から塩飴《しおあめ》を取り出し、声をかけてひとつずつ配る。岡部と池山と未玖。

「そうだ。未玖は何かない？　意見でもなんでも」

おにぎりのふたつめを食べ終わった未玖は、笑顔で飴を受け取った。細身ながらも頬はふっくらしていて柔らかそう。目は小動物のようにつぶら。ゆるやかな天パーの髪の毛をふたつに結び、フリルのあしらわれた白いカットソーに、チェックのキュロットスカートを穿いている。

「意見っていうか、私のクラスに平沼町の人がいるからちょっと聞いてみた」

「へえ。誰だろ」

「お寺の子だよ。なんとかってお寺」

それではわからない。けれど名前を聞いても知らないかもしれない。沙也香と未玖はちがうクラスだ。平沼町にも中学校はあるので、おそらくその子とは中学もちがう。

「笹塚郁恵《ささづかいくえ》ちゃんって言うんだけど、平沼町と白沢町が揉めてたことは知らないみたい。『はあ？』って感じだったから。まあいいかと思って、廃ホテルの話をしたの。今度私、行ってみるんだあって。そしたら、途中で造るのをやめたホテルなら、おばあちゃんの実家が関わっているかもって。おばあちゃんの実家、古い旅館だったらしい」

沙也香は口の中で飴を転がしていた舌を止めて聞き返した。

「なでしこ荘？」

「そのときは名前を知らなかったから聞けなかったけど、十年くらい前に潰れて跡形もなくなったと、おばあちゃんは今でも悲しんでいるみたい」

「ビンゴっぽいね」

未玖は「ね」と言って飴の包みを破る。

「それで？」

「そこからお寺の跡継ぎの話になっちゃって、旅館のことはあまり聞けなかった。笹ちゃんにとっては深刻な悩みなのよ。お兄さんがいるんだけど、東京の大学に行っててぜんぜん跡を継ぐ気がないみたい。笹ちゃん、自分がお坊さんになるか、お坊さんの婿《むこ》を取るか、どっちも嫌だって」

それは大きな悩みだろう。

「お寺なら、地図で捜しやすいよね。今から行ったら迷惑かな」

「今から？」

「おばあちゃんの話を聞いてみたい。このネタで行けるかどうかの、判断材料になるかもしれないでしょ。笹ちゃんにお願いできないかな」

沙也香に詰め寄られ、未玖は口に入れかけていた飴を袋に戻した。自分のスマホを手に取る。沙也香だけでなく岡部も池山も目を輝かせているので、仕方なさそうに電話をかける。何コール目かでつながったらしい。急な電話を詫び、今は新聞部の取材中であることを告げる。

「笹ちゃんは今、外なんだって」

「お寺の名前は？」

電話の向こうに尋ね、「めいせんじ」と反芻《はんすう》する。そして訪問したい旨《むね》を話す。

「おばあちゃんは家にいるみたい。どうする？」

「とりあえず今から行く。そう伝えて」

立ち上がってお尻に付いたゴミをはたいていると、池山がさっそく「めいせんじ」を検索してくれた。平沼町にある「明先寺」がそれだろう。岡部は行き方を調べる。

「今からだと歩いて白沢駅に戻り、四十五分後にある下り電車に乗るのが早いな。平沼駅からはどれくらいだろう」

「ウェブ情報によれば徒歩十分」

「一時間後には着けるじゃないか」

地図上では遠回りになるが、廃ホテルから歩くには山を越えなくてはならない。迷子のリスクも高い。電車を利用する方が賢明だろう。

廃墟マニアでさえ期待外れの烙印《らくいん》を押しそうな、鉄骨が乱立してるだけの場所に別れを告げ、四人は駅に向かって歩き出した。

4

沙也香の自宅は白沢町の南部にあるので、日頃の行動範囲は南足柄市や小田原方面といった南に広がっていた。平沼駅に降り立ったのは初めてかもしれない。北方面に用事があるときは家の車に乗せられて行くのが常だった。

平沼駅に着く頃には未玖と笹塚さんとのやりとりも進み、彼女は自宅にいるおばあさんに沙也香たちの来訪を知らせてくれた。「なでしこ荘」について聞きたいという高校生たちの申し出に、おばあさんは突然のことながらも快諾《かいだく》してくれたらしい。笹塚さん自身は夜まで帰れないとのことだ。

アプリの地図を頼りに駅前を抜け、高台に向かって歩いていく途中に明先寺をみつけた。墓地は斜面に広がり庫裏《くり》も大きく、立派なお寺だった。駐車場の右手にある建物を訪ねると、エプロン姿の女性が出てきた。未玖とは如才《じょさい》なく挨拶を交わす。笹塚さんのお母さんだ。白沢高校の出身だそうで、それは未玖も初耳だったらしい。沙也香たちも「先輩ですか」と距離を縮めた。

法事などに使われる部屋へと案内された。中庭に臨《のぞ》む明るい和室で、エアコンが効いているのがありがたい。部屋の中央に置かれた座卓に、小柄なおばあさんが待ち構えていた。

「突然おじゃましてすみません」

「郁ちゃんの同級生ですって？　それも新聞部。容子《ようこ》さんに聞いたところによれば、ずいぶんしっかりした新聞を作っているそうじゃない」

「それは先輩たちで、私たちはまだまだ経験に乏《とぼ》しくて」

四人がかしこまっていると、笹塚さんのお母さんが冷たいお茶とおまんじゅうを持ってきてくれた。容子さんというらしい。

喉の渇きと空腹に耐えかね、勧められるまま遠慮なくいただく。容子さんはお茶のおかわりと追加のお菓子を持ってきて、部屋をあとにした。

そこからはいよいよおばあさんへの取材が始まる。沙也香たちは廃ホテルについて調べているうちに、道路建設をめぐる白沢町と平沼町の対立や、なでしこ荘の廃業を知るに至ったことを話した。

おばあさんは「ふんふん」と耳を傾けていたが、なでしこ荘の話になると鼻の穴を膨らませる。

「ほんとうにね、旅館のことを思うと返す返すもやりきれない。ホテルなんか造ろうとしたからよ」

ゆったりとした花柄のワンピースをまとい、笑っているとかわいらしいおばあさんなのだが、表情を引き締めると高齢者特有の迫力がある。沙也香たちも控え目におまんじゅうを咀嚼《そしやく》する。

「ホテル建設に踏みきったのは、旅館を経営していた瀬田和昌さんって方ですよね。えっと……」

「姉の連れ合いよ」

「連れ合い？」

「夫ってこと。先代である父には娘しかいなかったの。姉と私のふたりきり。それで姉は婿《むこ》を取って跡を継いだ。昭和の頃はさておき、時代が変わって旅館の経営は苦しくなる一方。客足は減るのに、建物は補修しなくてはならない。板さんや仲居さんたちに給金も出さなきゃいけない。赤字の続く月もある。旅館の切り盛りは並大抵の苦労じゃなかったわ。それなのにあの婿はろくに働きもせず、自分ひとり遊びまわってた。勝手に旅館組合の役員になって、会合と称して宴会三昧。視察という名目で海外旅行にもしょっちゅう出かけ、株だのなんだの怪しい相場にも手を出すし」

思わず「は？」と聞き返す。

「姉のところには女の子がひとりいてね。麻理江《まりえ》っていうんだけど、絵の仕事がしたいと言い出して東京の大学に行った。跡を取らなきゃいけない娘だったけど、姉は自分のような苦労をさせたくなかったんでしょうね。卒業してもこっちには帰らず、今はアメリカで暮らしている。んー、サンフランシスコだかロサンゼルスだか。それもどうかと思うけど、学費以外は生家に迷惑をかけなかっただけマシね。婿の方は勝手にホテル建設を決め、ペンペン草しか生えてないような不毛の土地を買い、ほんとうに建て始めてしまった。私も姉も開いた口がふさがらなかったわ」

ついさっき、まさにペンペン草の生えている場所で、ホテルにまつわる感動秘話を聞いたばかりだ。呆然《ぼうぜん》としつつも、沙也香は辛《かろ》うじて「あの」と声を出した。

「旅館のためだったんじゃないんですか？　新道建設が計画されてたんですよね。白沢町に造られれば観光施設を誘致できる。減った客足も取り戻せる。町だって活気づく。そのために、道路を白沢町に走らせるために、運動の先頭に立ってホテルを造ろうとしたのでは」

「そんな余裕、どこにもありゃしない。あなたたちはどこかで美談を聞いたんでしょ。道路開発は失敗に終わったけど、旅館の主が頑張ったのはほんとうだって」

「はい。失敗報告の集会でも、みんなは怒って議員を責め立てたのに、瀬田さんだけは庇ったとネットで見つけた書き込みにありました」

「外面《そとづら》だけはいいから」

にべもなく言い捨てられ、二の句が継げない。

しばらくの沈黙のあと、おばあさんは湯飲みを手にしてお茶を飲む。

「当事者にしかわからないことって多いのよ。上辺《うわべ》だけで判断しないで。あれはほんとうに嵐の日々だった。私は前から姉のことが心配で、折に触れてマチコさんに相談したものよ」

「マチコさん？」

「古い知り合い。とても頼りになる人。あのときは姉の方から和昌さんの様子がおかしいと言ってきたんだわ。さっそくマチコさんに相談したら、とても悪い気が出ていると。どんなにうまい話が舞い込んでも聞く耳持たず、地道に実直にを心がけ、悪いものが通り過ぎるのを待つようにと助言された。妹である私にまで、姉から目を離さず、できるだけ力になるようにと言われたの。ただならぬものを感じたわ。大急ぎで姉に伝えたら、姉は姉で真剣な顔でうなずいた。そして旅館の権利書関係や実印を預かってくれと差し出した。後にも先にもあのときだけ。まだあるの。ホテル建設が始まって選挙運動も盛り上がりを見せた頃、姉は和昌さんに詰め寄って、離婚届に判を捺《お》させた」

食べたばかりのおまんじゅうの甘みが消し飛ぶ。

「離婚したんですか」

「ええ」

用紙に判を捺しただけでなく、役場への届け出もなされたということだ。

「姉は覚悟を決めたのね。なでしこ荘を命がけで守ろうとした。そのおかげでホテルが頓《とん》挫《ざ》したとき、旅館の土地建物は借金の形《かた》に取られたけど、姉のもとには銀行に預けていた現金が残った。それを、長年お世話になった番頭さん、板さん、仲居さんたちに退職金として渡すことができたの。あっぱれな幕引きだったと思うわ」

　建物の解体作業を見届けたのち、お姉さんは老人ホームに入り、数年後に亡くなった。お寺の近くで暮らさないかと、妹であるおばあさんは再三誘ったそうだが、大丈夫よと気《き》丈《じょう》に微笑んでいたそうだ。

「ほんとうに、すごくすごく思いきったんですね」

「姉自身、マチコさんを信頼していたのもあるけど、和昌さんが政治家と付き合っているのも嫌だったみたい。ほらさっき、勝手に旅館組合の役員になったと言ったでしょ。それでつながりができたのね。和昌さんは力のありそうな人が大好きだから、自分からすり寄ったんだと思うわ」

　沙也香は戸惑いがちに尋ねる。

「お姉さんは政治家がお好きじゃなかったんですか？」

　おばあさんは逡巡《しゅんじゅん》したあと、顔をしかめて言う。

「もうずっと前になるんだけど、白沢町で小さな女の子が殺された事件があったのよ。そのとき、仲居さんのひとりが犯人らしき男を見かけたんですって。事件直後に捕まった男がいたんだけど、その人とはまったく別の人。それを警察に言おうとしたのに、政治家が圧力をかけてもみ消したって」

「まさか」

「嘘をついてもしょうがないでしょ。ほんとうよ」

「どうしてですか」

「その頃、やっぱり選挙があったらしい。白沢町出身の議員がいて、事件を早く解決させたかったのよ。凶悪事件の起きた町のイメージを引きずりたくなくて」

当時は先代の、おばあさんの父にあたる人が主だったので、仲居の話を聞くなり、顔なじみの議員に相談したそうだ。警察にも顔が利くのでちょうどいいと思ったらしい。ところが議員は、話をつけておくから任せてくれと言ったきり梨のつぶて。

お姉さんが父をせっつくと、なぜか警察署の上層部の人間が旅館までやってきた。有力な物証がみつかり、犯人の自供が間近だと言う。仲居の目撃談は見まちがいの可能性が高く、ヘタをすれば名誉毀損《きそん》で訴えられかねない。宿屋の信用にも傷が付く。吹聴《ふいちょう》しないようにと釘《くぎ》を刺された。

そして話の終わりに、「選挙も近いのでひとつ」と含みのある言い方をされた。早期決着のために余計な波風は立てるなと父は解釈し、そのとおりにした。土地に根ざして商売をしていくには従順さも必要だとお姉さんは諭された。けれどわだかまりは強く残った。

濃い話をたっぷり聞かされ、部屋を辞す頃には体がすっかり強ばっていた。容子さんが車で駅まで送ってくれることになり、四人は厚意をありがたく受けさせてもらった。

「ずいぶんくたびれたみたいね。大丈夫？」

助手席に座った沙也香はみんなを代表して「なんとか」と答えた。

「聞かせてもらった話はどれも深くて勉強になりました。うかがってよかったです。笹塚さんにもあとでお礼を言っておきます」

「郁恵とはすれちがいねえ」

時間は夕方の六時近くだったが、八月なのであたりはまだ明るい。道路脇の畑も家々の屋根も生け垣も、遠くに見える山の稜線《りようせん》も白沢町の眺めとほとんど変わらない。ちがうのはところどころに立っている「キャンプ場まで2キロ」などという看板くらいだ。

駅に着いても電車が来るまで三十分はある。わかっているので車ものんびり進む。

「実はね、おばあちゃんから預かっているものがあるの」

「なんですか」

「和昌さんの勤め先と自宅の住所を書いたメモ。自分の話だけじゃ不公平だから、よかったら直接聞いてほしいって」

「今どこにいるか、知っているんですか」

「アメリカに住んでいる娘の麻理江さんが教えてくれたの」

後部座席をうかがうと、未玖は目をつぶっているのでうたた寝でもしているのかもしれない。池山と岡部は聞き耳を立てている。

「和昌さん、白沢町を出てからどうしてたんでしょうか」

「それがね」

車はウィンカーを出し、駅前のロータリーに入っていく。

バス停から離れたところに容子さんは車を停め、サイドブレーキをかけてから言う。

「登戸《のぼりと》の方にある不動産会社の役員に収まったそうよ。すごく羽振りがよくなって、タワーマンションに住み、高級車を乗りまわしているらしい。再婚もしたの。ふたまわりも年が下の女性と」

沙也香は今日何度目かの、唖然《あぜん》とした顔になる。そうならざるを得ない。

「おかしいでしょ。おばさんは生家である旅館をたたみ、老人ホームでひっそりと亡くなったのに、おじさんは金持ちになって贅沢《ぜいたく》している」

「破産したのに？」

「ええ。したのに」

容子さんと別れて改札口を抜けるなり、池山と岡部は口々に言った。

「あれもこれもびっくり。笹塚のおばあさんの話がほんとうなら、おれのじいちゃん、もしかして騙《だま》されていた？　瀬田さんのこと、100パーいい人だと思い込んでいるよ。涙ぐむほど本気で心を打たれていたんだから」

「離婚の話、イケのおじいさんが知らないなら、みんなも知らないよな。そのあとの不動産会社の役員の件も、タワーマンションも高級車も」

「オセロみたいだ。くるくるひっくり返る」

「やばいな。面白いと言ったら悪いんだろうけど、面白い」

ほんの数分間といえども熟睡したらしい未玖は、ちがうことに興奮する。

「おばあちゃんの言ってたマチコさんって何者だろう。『悪い気』を感じ取ったんだよね。それってすごくない？　的確なアドバイスをしたことも偉すぎ」

沙也香は内心、ひやりとした。祖母の名前はまさに万智子《まちこ》だ。話に出てきたのは祖母なのではないか。聞きながら、みんなよりひとつ多くぎょっとさせられた。

「こうなったからには瀬田氏にも当たってみるしかない」

岡部の言葉に池山は元気良く親指を立てたが、沙也香はためらった。どうしたのかと尋ねられ、言いにくいけれど黙っているわけにはいかない。

「よく考えようよ。話がどんどんそれてない？　学園祭で発表できる内容になればいいけど、相変わらず狭いところを深掘りしてる。暗いし、重いし、古いし。みんなの興味を引くと思う？　それってすごく大切な問題だよ」

もうすぐ電車が来ると、アナウンスが響きわたる。沙也香たちはホームに立っていた。

「クレカが心配するのはわかる。でも、発表の内容はなんでもいいんじゃないか？　よそんちの秘密でもいいって意味ではなく、おれたちが面白いと思ったものでかまわないってこと。それが地味だろうが、暗かろうが、小粒だろうが、発表したいと思う中身ならば。すごいことをやろうって、思わなくてもいいと思うんだ。あれ。『思う』が重なった」

岡部は笑みを浮かべて言うが、沙也香の頬は強ばる。自分の意見に異を唱《とな》えられている。もっとも重要視していることを否定されている。

沙也香は学園祭の発表で、去年や一昨年《おととし》、そのまた前の年、歴代の話題作にひけを取らないものがやりたかった。見た人の多くが称賛してくれるようなものだ。新聞部の名誉を傷つけないものであり、かつての自分のように、見た人に感動してもらえるもの。個人的な名誉がほしいわけではない。縁の下の力持ちでかまわない。ただ中身は、恥ずかしいものにしたくない。

「クレカも前向きに考えてみて」

さらりと投げかけられ、簡単に受け取れない。

「私には部長としての責任がある」

「発表するに値する記事って、いろんな種類があってしかるべきだよ。たとえばコンサートホールで大勢の人たちに向かって、大音量で届ける歌もあれば、校舎の下にいたら、開け放たれた窓から偶然聞こえてくる歌もあるように」

「学園祭は大勢に向かってだよ」

「そんなことはない。金を取ってるわけじゃないんだ。もっと自由だよ」

電車が滑り込んできた。停まってドアが開き、四人は中に入る。がらがらだったので適当な場所に腰かける。みんな何事もなかったような顔をしていた。車窓から風景を見たり、スマホを操作したり、ペットボトルの水を飲んだり。次の駅で降りるのは沙也香だけだ。

お疲れさま、またねと言って席を立ち、沙也香は白沢駅のホームに降り立った。振り向くことなく改札口を抜け、自宅まで歩く。何も考えられないし、考えたくなかった。むしゃくしゃして、薬局の店頭に置いてあるマスコット人形を蹴り倒したくなる。

用水路を渡るとき、小さな音を立てる水の流れに足が止まった。

「おばあちゃん」

つぶやいて、唇を嚙む。小さな子どもの頃のように泣いて帰って、祖母の膝にしがみつけたらどんなにいいだろう。ひどいことを言う子がいるんだよ。さやちゃんをいじめるんだよ。もう保育園なんか行かない。訴える孫娘に祖母はなんと言うだろうか。

「ああ」と声が漏れる。要するに今の精神状態は保育園児並みなのだ。あなたは悪くないと、誰かに慰めてほしい。全部正しいと頭のひとつも撫でてほしい。

保育園児ならまだしも、高校生にもなって慰めてくれる誰かを探すのはやめておこう。

代わりに新聞部の先輩たちをひとりずつ思い浮かべることにした。美人で優しい憧れの先輩。巨漢だけど気配りに長《た》けた先輩。いつもにぎやかなムードメーカーの先輩。自分の意見をはっきり言う先輩。次々に浮かぶ。教えられたことは多い。

無駄足はつきものだよ。失敗は恥じゃない。でも無神経は恥ずかしい。何からでも学ぶことはある。聞くべき意見を聞く。でも、従わなくてもいい意見もある。


夜になって未玖から電話があった。気まずい別れになったので心配してくれたらしい。沙也香が降りたあと、男ふたりは「みんながあっと驚くことを、おれだってやりたいんだ」と口々に言っていたそうだ。その言葉も含め、気を遣わせたことが恥ずかしい。中身がないのに、褒められたい願望だけが大きくなっているみたいだ。

「未玖はどんな発表がやりたいと思っているの？」

「私？」

同じ二年生で、女子部員は自分と未玖だけだ。けれど本音で語り合ったことはほとんどなかった。池山や岡部の方がむしろ話しやすい。未玖は何を考えているのかわかりにくい子で、部活だけの付き合いになっている。

それが、わざわざ電話をくれた。連絡事項以外の内容で。

「私だって、みんなが『すごーい』と言ってくれるような発表がしたいよ」

「そうなんだ」

「そうだよ。中学んときに展示を見たのがきっかけで、新聞部に入ったんだもん」

初耳だ。そして未玖への苦手意識が、「なぜ新聞部？」という違和感から来ていることに、遅ればせながら気づく。彼女が嬉々《きき》としてしゃべるのは星占いや手相についてで、硬い話になるとぼんやりしているか、居眠りしているか、マニキュアの匂いを漂わせながら自分の爪に水玉模様を描いているか。

「どういうきっかけだったの？」

「一昨年のアイドル特集のときに、モデルになった人が私と同じお守りを持っていたの。みつけて喜んでいたら、そばにいた新聞部の人に話しかけられたんで、これ、清星《せいせい》神社のですよねと言ったのよ。その人は知らないみたいで、首を傾げただけだったんだけど、入学して部活説明会のときに再会したら、たしかに清星神社のお守りだって言ってくれて。学園祭のあと調べたんだって。嬉しそうに言うから私も嬉しくなって、入部しちゃった。誰だと思う。真山《まやま》先輩だよ」

二学年上の女性の先輩だ。沙也香の憧れの人でもある。

「未玖は展示物に圧倒されたというより、自分なりの気づきに引き寄せられたんだね」

岡部の話した歌の喩《たと》えを思い出した。自分と未玖、新聞部との結びつきについて、どちらが深いとか強いとか比較しなくてもいいことは、沙也香にもわかる。

「私はクレカみたいに頑張れないんだけど。クレカも瀬田さんの話は聞いてみたいと思わない？」

「思うよ」

「だったら会いに行こうよ。いろいろ動いているうちに、いい案が浮かぶかもよ。私もひとつ思いついたんだ。マチコさんに会って、話を聞かせてもらって、『あなたの知らない占いのすべて』っていうテーマにするの。いいと思わない？」

とっさに首を横に振ったが、電話の相手には見えない。未玖はそのあとも、沙也香の星座である双子座の仕事運や恋愛運を楽しげに語り続けた。

5

瀬田和昌さんは離婚後、旧姓に戻り、川本《かわもと》和昌さんになっていた。教えられた番号に電話をかけてみたけれどつながらない。容子さんに伝えると訝しんだあと、麻理江さんに聞いてくれると言う。その報告もあり、沙也香はグループLINEに招集をかけた。今後のことについても話し合わなくてはならない。

四人が共通して気になっているのは、和昌氏がどんな人物かということだ。池山の祖父に言わせれば新道建設のために心血を注ぎ、頓挫しても誰を責めることもなく、黙って町を去った男気あふれる人物だ。

けれどお寺に嫁いだ旅館の次女は、ホテル建設を勝手に進めた外面だけはいい婿と、ばっさり切り捨てた。旅館を継いだ長女とも離婚していると言う。

どちらがより本人に近いのだろう。池山の祖父も笹塚さんの祖母もホラを吹いていると は思えない。自分なりの事実を語っているのだろう。

和昌氏本人に会うのが手っ取り早いと思うが、池山は浮かない顔のスタンプをＬＩＮＥ画面にのせた。お寺から帰宅したあと、池山は和昌氏が離婚していたことを祖父に話したそうだ。知らなかったらしく驚いたが、離婚のおかげで従業員たちに退職金が払えたなら、それを見越しての苦渋《くじゅう》の選択だったのだろうと言う。町を出てから会社役員に収まり、羽振りがよかったという話も、気の毒がって手を差し伸べた人がいたにちがいないと解釈する。

「自分を曲げない頑固者だよ。でもじいちゃんの考えをちがうとも言い切れない。正直、あっちを聞くとなるほどと思い、こっちを聞くとなるほどと思う。おれ自身の印象はころころ変わるんだ。これでいくと、和昌氏に会ったら、ハイハイなるほどそうですかとなりそう」

共感せずにいられない。沙也香にしても、今ではすっかり和昌氏に懐疑的だ。けれど「いやいやそうじゃない」という強い意見が出てくれば一変しかねない。あやふやの、いい加減。

「私は、というかイケも岡部も未玖も、和昌氏が町のために誠心誠意力を尽くした人なのか、旅館を犠牲にして奥さんにつらい思いをさせた人なのか、たぶん、どっちでもいいんだと思う。もうすでに町から出ている人で、今現在、迷惑をかけられてはいないもの」

三つの合意スタンプが次々に表示される。

「でも新道建設の誘致運動やその決定については、不正があったかどうか、どっちでもよくない。十数年前のことでもイケのおじいさんのように、平沼町にわだかまりを持っている人はいる。話を聞いた私も、これからは平沼町を悪く思ってしまいそう。それが誤解なのか、誤解ではないのか。できることなら知りたいよ」

学園祭のネタになるかどうかはさておいて。心の中で付け足した。

しばらくして岡部が書き込む。

「新道決定のさい何があったのか、おれも知りたい。取っかかりのあてもみつけたし」

すぐに「とっかかり?」と返す。

「いろいろ探してみたら、同じ町内に住んでいる人が、水質調査の会社に勤めているらしい。例の、道路決定の要因って、川の流れがどうのこうのだっただろ。何か知っているかもしれない。その人が無理でも、詳しい人を紹介してもらえるよう粘るよ」

池山が反応する。

「いいなあ。おれにはそんな人いない。ほしい」

「イケはホテルを調べてくれよ。どれくらいの予算で、どれくらいの工期を予定していたのか。請け負った工務店はどこか。なぜ十年もほったらかしなのか」

「工務店なら白沢町にもあるよ。大きいところじゃないからホテルは建てないだろうけど」

「そこでいいよ。イケがにっこり笑って白沢高校の名前を出せば、門前払いはしないさ」

ふたりのやりとりを見ながら、沙也香も加わる。

「私は先輩に当たってみる。西神奈川新聞に勤めている新聞部の先輩。去年の学園祭のとき名刺をもらったんだ。相談事があったら乗るよと、たぶん社交辞令で言ってくれたんだけど、聞いてみる」

「何を？」

「十二年前の選挙のこと。平沼町の候補は本多篤志《ほんだあつし》さんで、白沢町は糸崎修《いとざきおさむ》さん。名前くらいはネットにもあるんだけど、実際にどういう人なのか、どういう選挙戦を繰り広げたのか、詳しいことはわからない。でも新聞社の人ならば、ふつうの人より知ってるよね」

ＯＫと返ってくる。もうひとりの未玖はと言えば、彼女らしい書き込みが表示された。

「私はマチコさんを探して会ってくる。たぶん守秘義務があるから過去のことは話してくれないだろうけど、新聞部の今後を占ってもらう。何に気をつけ、どういう方向に頑張ればいいのか、とか」

未玖は占いについて否定的な考えの持ち主ではない。今までの言動からしてわかっている。けれど沙也香は、自分の祖母が占い師をしていることを知られたくなかった。他ならぬ祖母自身がそのスタンスを貫《つらぬ》いている。世の中には面倒くさい人がいて、煩《わずら》わされたくないし、家族も巻き込みたくない。常々そう言っている。マチコさんが祖母かもしれないという話はできるだけしたくない。

「未玖、今はそっちじゃない方に力を注いでよ。私と一緒に先輩の記者さんに会って。土屋さんって言うんだけど、かなり年上で男の人だからひとりじゃ心細くて」

お願いする顔文字を添えると、断りはしなかった。マチコさんの方にも付き合ってほしいと言われたので、にっこりマークを返しておいた。なんとかなるだろう。

それからの数日間は三つに分かれての活動になった。沙也香も予備校に通いつつ土屋さんに連絡を取り、指定された日時に西神奈川新聞平塚本社まで出向いた。未玖は何を着ていこうかとはしゃいだが、そこは制服で通させてもらう。後輩として会った方が話をしやすい。

受付をすませてから通されたのは小さな会議室だった。あらかじめ質問の内容を送っていたので、土屋さんはてきぱきと話を進めてくれた。

それによれば、白沢町出身の候補者糸崎氏は四代続いた政治家の家に生まれ、十二年前の選挙当時は三十五歳という若手の注目株だった。一族の経営する不動産会社でサラリーマンをやっていたが、政治家としての跡継ぎ候補であった兄が女性問題を起こしてリタイア。急遽《きゆうきよ》、抜擢されたという。

それまでも選挙の手伝いに駆り出され、兄より向いているのではと、後援会の評判は上々だった。本人もまんざらではなかったようで、出馬を決意。出るからには何がなんでも勝つようにと、父からも祖父からも発破をかけられた。

実際の選挙戦では兄のゴシップが足を引っぱり苦戦を強いられたが、白沢町の支持者が近隣の集落にも支持を呼びかけ、僅差《きんさ》で当選にこぎ着けた。


「議員の家は不動産会社をやっていたのか。和昌氏が役員になったのもそういう会社だったよな」

手分けして調査した三つの報告会が、小田原のファミレスで開かれた。

トップバッターの沙也香から話を聞くやいなや、池山が突っ込む。

「私も気になって、和昌氏が町を出てからのことを話したの。土屋さんも知らなかったみたいで、その場で調べてくれた。そしたら和昌氏が役員になった会社は、議員の家がやってる会社の傘下《さんか》にあるらしい」

「顔の利く会社に紹介したってこと？」

「だと思う。破産した和昌氏に責任を感じて、新しい仕事先を世話したのかな」

「役員待遇ってのが引っかかるよ。タワーマンションと高級車と若い奥さんも。経営難に陥っている旅館の婿だった頃とはぜんぜんちがう」

池山が言いたいことはわかる。町を出るときは、何もかもなくした悲運の男だったのに、出たあとは別人のようにリッチになっている。たまたまの成り行きだろうか。

「そっちはどう？」

沙也香に言われて池山は自分のノートをおもむろに開く。

「こっちも変な感じだ。部活で作った新聞のサンプルを持って、廃ホテルについて聞かせてくださいと、白沢町の工務店にアポなしで乗り込んだ。社長は不在だったんだけど、夕方また来てくれと言われてさ。じいちゃんとこで時間を潰した。内心、工務店の社長ってどんな人かとびびったよ。そしたら話し好きのおじさんで、高校生が取材かと面白がってくれた。『廃』になる前の『新なでしこホテル』は、五階建て四十二室、大小宴会場を備えた中規模ホテルとして、完成予定図もあったそうだ」

カラーコピーが登場し、沙也香も岡部も未玖も、飲み物やケーキ皿をよけてのぞき込む。緑の木々に囲まれた明るくおしゃれなホテルが、ツンとすまして描かれている。

　工務店の社長は十二年前よりもさらに一年前、そもそも床石地区にホテルが建つという噂を聞いたときに、なぜあそこと訝しんだ。なんにもない痩せた土地だ。新しくできる道路を見越してと言われても、おいそれとは信じられない。ところが噂を耳にしてほんの二、三ヶ月後、役場から認可が下りた。異例の早さだった。請け負う建築会社を知らされてもまったく覚えのない会社だった。

　施主についても意外でしかない。なでしこ荘にホテルを建てるだけの財力があるとはとうてい思えない。中規模といえども建築費は数十億はかかるだろう。スポンサーがついたという話を小耳に挟み、老舗旅館の看板に目を付けた大手デベロッパーが旅館ごと買い取ったのかと深読みした。

　それからは道路をめぐっての誘致合戦が始まり、選挙では町ぐるみで立候補者を担ぎ上げることになった。工務店にも協力要請がきた。単なる一票のお願いではなく、着工となったホテルの内装を頼みたいと和昌氏から直々《じきじき》に言われ、傍観者ではいられなくなった。

「結果として誘致は失敗し、ホテル建設は中断する。工務店の社長はすべての騒ぎが終わったあと、工事現場を自分の目で見に行って……」

　池山は言葉を切り、すこし間をあけてから言った。

「これはなんだと驚いた。まともな現場じゃなかったらしい。基礎工事も柱の数もいい加減。鉄骨の配置もでたらめ。突貫工事にしても限度があるだろうという有様だった。本気で五階建ての建造物を建てようとしたふうには見えなかったと」

「どういうこと。本気じゃないって、建てる気がなかったの?」

「そうなるな」

「社長さん、それ、今まで誰かに言った? 言ったよね」

「うん。でも、誘致運動のために急いだんだろうと、あしらわれたそうだ。とりあえず見える形を造っておいて、道路が決まってからやり直すつもりだったんだろうって。社長はそんな馬鹿なとあきれた。その一方、なでしこ荘の廃業と取り壊しが決まり、うるさいことを言える雰囲気ではなかった。それきり、気がつけば十数年が経っていた」

沙也香の脳裏には先日目にした黒々とした鉄骨が浮かぶ。雨に打たれ錆び付いて、人からも町からも忘れ去られ、鉄骨にしてもさぞかし不本意だろう。あそこで大人たちは何をやっていたのだろう。最初から完成を目指していない建物などあるのだろうか。

「岡部、そっちはどう」

池山が声をかけ、沙也香同様ぽかんとしていた岡部が、「ああ」と言って目の前のコーラをする。

「こっちもかなりやばいよ」

それを聞き、沙也香も未玖も池山も顔を見合わせ噴き出してしまった。岡部もつられて破顔《はがん》する。一度笑い出すと止まらない。笑うことによって体も心もほぐれる。仕切り直す前にトイレに行き、ドリンクバーでそれぞれ飲み物を補充した。

「こうなったら、どんと来やがれって感じだね」

「もう驚かないぞと言ってやりたいけど、驚きそう」

「ジュース飲んでるときに噴かないよう、気をつけなくちゃ」

沙也香と池山と未玖が肩をすくめ、岡部は「では」と手元の資料をめくる。

「新しい道路が白沢町でなく平沼町に決まった理由だけど、うちの近所の、水質調査会社で働いている人に聞いたところ、十数年も前のことだし直接関わってないのでわからないと言われた。でも知り合いに掛け合ってくれて、おれも質問したりしてるうちに、妙なことがわかってきた」

池山の祖父が言っていたように、問題とされた主な原因は水の流れだ。大雨が降ったときに周囲の山から水が集まり、普段は干からびているような川でも一気に増水して川下に向かって流れていく。細い支流にも役目があり、安易に人間が手を加えれば思わぬ災害を起こしかねない。近年、さまざまな事例が報告されている。

そういった観点から野山を切り開いての道路建設には、地盤の強度といった調査に加え、自然災害のメカニズムに関する学術的調査も欠かせない。

白沢町の場合もそこが引っかかった。想定するルートを横切る形で重要な水路が通っている。曲げるには危険が伴い、橋を渡すには地盤が弱い。平沼町の予定地にも難点はあったが対策の取れるレベルだった。

「素人が思う以上に重要なポイントらしい」

「なら、ルートが平沼町に決まったのには、正しい理由があったんだね」

うなずく岡部を見て、沙也香も首を縦に振る。平沼町を逆恨《さかうら》みせずにすみそうだ。しかし。

「やばいことって何？　専門家の調査は公平に行われたんでしょう？」

「ああ。問題は中身より時期だ。調査結果は選挙の行われた十二年前より、さらに前に報告されていたらしい」

意味がわからない。きょとんとする三人に、岡部は嚙んで含めるように言う。

「白沢町ルートには大きなリスクがある。平沼町の方が望ましい。そう書かれた報告書が、今から十三年前に提出されていたんだよ。公表はされていない。だから当時知り得たのは県の道路建設課を取り仕切る上層部だけだ。そして決定事項でもない。一次報告みたいなもので、引き続き調査は行われた。でも内容からして平沼町に決まったようなものだった。現に一年半後の会議で、白沢町ルートはあっさり退けられた」

沙也香はおそるおそる言う。

「十二年前よりさらに前ってことは……」

「誘致運動が始まる前に、ほぼ決まっていたということだよ」

今の話がほんとうならば、池山の祖父を含め大勢の人が無駄な活動をやらされていたことになる。

なんのため？　どうして。

「誰が知っていたの。誰が知らなかったの。そこ、大問題だよね。和昌氏は知っていた？　白沢町から立候補した議員は？」

白沢町の糸崎修は、代々続く政治家の家に生まれた議員だ。道路建設課上層部が知っている調査内容を、家族の誰かが摑んでいたとしても不思議はないのではないか。

兄の代わりに出馬した次男は、何がなんでも勝つようにと、父や祖父から発破をかけられたそうだ。何がなんでもには、「手段を選ばず」という意味も含まれていたのだろうか。

6

ファミレスで報告相談会があった夜、新聞部顧問の菅井先生から電話があった。学園祭のテーマはどうした。もう八月だ。何かやっているなら報告しなさい。まだなら一度、集まろう。そんな内容だった。

沙也香は白沢町の廃ホテルについて、すべてではないがいくつか報告した。となり町との選挙合戦の話をすると少し感心した声を出してくれたが、揉め事にならないよう気をつけなくてはと釘を刺された。

その翌々日、今度は容子さんから連絡があった。

アメリカ在住の麻理江さんに問い合わせたところ、和昌氏の身辺にはここ数年でさまざまな変化があったらしい。役員を務めていた不動産会社を退職し、現在は麻理江さんもよく知らない会社の相談役をしているという。再婚した奥さんとも別居したのち、離婚。住まいも変わったようだ。

容子さんは気を利かせ、地元の高校生がなでしこ荘について知りたがっていると、麻理江さんを通じて和昌氏に交渉してくれた。色よい返事はなかったそうだが、携帯の電話番号を高校生に伝えることについては、絶対ダメではなかったらしい。教えてくれた。

沙也香は二年生メンバーに呼びかけ、再びＬＩＮＥグループで話し合った。

容子さんの絶妙な一手を存分に活かさなくてはならない。旅館の話が聞きたいというのは決して嘘ではない。その上で、何も知らない高校生が夏休みの課題として、町の歴史を調べている。そう思ってくれれば気もゆるむだろう。町の人が今でも懐かしがっているとか、感謝しているとか、肯定的な評判を伝えてもいいだろう。池山の祖父を思い浮かべていくつか考えた。

電話する役は立候補者がいれば任せたかったが、いなかったので部長の沙也香がかけることになった。

八月のお盆過ぎ、川崎《かわさき》駅にほど近いセルフのコーヒーショップに、沙也香たち四人は集まった。店内は広く、朝の十時という早い時間だったので空席もある。一階の中庭に面したテーブル席を六人分キープして待つことにした。

場所と時間を言われたので、目印として沙也香たちは制服を着ていた。男女ふたりずつの計四人とも伝えてある。

十時を五、六分過ぎた頃、水色のシャツに白いパナマ帽を被った男性が近くにやってきた。かなりお腹の出た初老の男性だ。片手にアイスコーヒーを持っている。顔が大きく瞼も目の下も頬もたるんでいる。

「君たちもしかして」

声をかけられ四人は腰かけていた椅子から立ち上がった。和昌氏は気さくに微笑んで、白沢町からは遠かっただろうと労《ねぎら》ってくれた。

取材は予定どおりに、思い出話を中心に進んだ。和昌氏は沙也香たちの用意した写真に目を細め、ときに懐かしそうに、ときにしんみりと、在《あ》りし日のなでしこ荘を語った。

場が和《なご》んでいい感じになったところで、沙也香は廃ホテルのことを切り出した。言ったとたん、和昌氏の表情が微妙に曇るのを見逃さない。

「町の活性化のためになりふり構わず頑張った、あれは夢の燃えかすみたいなものだよ」

「私たち、幻のホテルをCGで完成させたいって話しているんです。完成予定図のチラシは持っているんで、建築の専門家を呼んで現場を見てもらい、幻をリアルに再現するんです。詳しい図面をお持ちでしたら貸していただけませんか」

和昌氏は目を見開いた。出会ってからずっと、ほとんど見えなかった瞳が初めて明らかになる。

「勝手にそういうのはちょっと。あれはそっとしておいてほしいんだ」

「ご迷惑はおかけしません。新しい道路ができていたらこんな町になっていたという、ドリームタウンを作ってみたいんです」

「だからそういうのは、今さらなんだよ。平沼町の人だっていい気はしないだろう。道路は向こうにできたんだから」

「大丈夫です。新道建設は地形調査で決まったんですよね。どういう機関がいつ、どんな調査をして、どういう報告書を出していたのかを明示すれば、みんな納得してくれます」

和昌氏は「地形調査？」と聞き返す。沙也香は興奮しそうになって、岡部の方を向いた。差し出したバトンをポーカーフェイスで受け取ってくれる。

「白沢高校の卒業生にはいろんな人がいるので、調査書の類《たぐい》はなんとかなりそうです。最初の報告は十三年前に出されたと聞きました。今では公表されている文書なので、オープンにしても問題ないはずです」

予定していたセリフを、岡部はさらりと口にした。

「昔のことを掘り起こしてどうするんだい。誰も喜ばないよ。これからのことにもっと目を向けた方がいい」

「そういえば瀬田さんは今、川本さんとおっしゃるんですよね。町の人には言わない方がいいですか」

アイスコーヒーのコップに伸ばしていた和昌氏の手が止まる。熱いものに触れたかのように指が引っ込む。

「君たち、そうか、離婚のことを聞いているんだね。容子さんか」

「いろいろ事情があったんだと思います。個人情報なので気をつけます。ホテルの再現とかにはぜんぜん関係ないですし」

「別に隠しているわけじゃないよ。誰に知られてもかまわない。ほんとうはぼくだって添い遂げたかったんだ。女房と共に再出発したかった。でもあのときはぎりぎりの崖っぷちでね。巻き込んではいけないと思い、可哀想なことをしてしまった。町を離れてからは寂しくてね。再婚もしたんだけれど、長続きしなかった。苦楽を共にした女房の代わりなんていないるわけないよ」

肩を落とした和昌氏に、沙也香は黙っていられなかった。

「離婚はどちらから言い出したんですか」

「それは……」

返事を見守る。

「ぼくだよ。容子さんがなんて言ったかはわからないが、当事者だけが知る事実はそれなんだ。当時、ぼくには相談相手がいてね。ホテル建設も含めて助言をもらいに行ったら、思ったとおりに動くのが吉だと言われた。しっかり頑張れと激励をもらったんだよ。ただそのとき、家族と縁を切るようにとも言われた。悩んだし、迷ったさ。断腸の思いだった。でも激励された以上、後戻りはできなかった」

「相談相手とは？」

「お世話になっている先生に紹介してもらった人だ。クレマチス。小田原にそういう名前の喫茶店を出していて、迷える相談者の話を聞いてくれる。むろん、料金はかかるよ。無料ではない。今でもあるだろうか。もしかしたら、なくなっているのかもしれないな」

沙也香は目を伏せた。祖母のことだ。こちらでも祖母の話が出るとは思わなかった。胸の鼓動が勝手に速くなる。机に置いた指先がぴくぴく動く。

「喫茶店で話を聞いてくれるんですか？　もしかしてカードとかで占ってくれたりして」

未玖の言葉に和昌氏が明るく応じる。

「よく知ってるね。そのとおりだ。とてもよく当たる占い師なんだよ」

「名前を聞いてもいいですか」

「マダムK。Kはクレマチスのローマ字綴《つづ》りだ。英語だと頭文字はCになるらしいが、本人の希望でマダムK、もしくはKさんと呼ばれていた。本名は知らないよ。ぼくより年上の女性、つまりおばあさんだ」

予定としては離婚話のあと、選挙の話へと沙也香が誘導するはずだった。けれど動悸《どうき》は収まらず、水を飲みたくても手に力が入らない。池山が祖父の話をしてくれた。くったくのない笑みを和昌氏に向け、「伝説の選挙戦」と持ち上げる。

流れを作ってもらい、やっと沙也香も質問を投げかけた。町を挙げての選挙運動や、立候補者の人となり、エピソードや失敗談。笑い話。

一時間半に及ぶ取材はそうして、お開きとなった。

川崎駅に引き揚げ、下りの電車に乗り込み、よく効いた冷房のおかげで人心地がつく。自分に向けられている三つの視線を意識して肩をすくめた。沙也香の途中の変化にみんな気づいているのだ。

「言いたいこととか、聞きたいこととか、あるよね」

「まあね。その前に、今日の収穫も整理しなきゃね」

岡部の提案で車内を移動し、横浜駅に着いたところで四人掛けのボックス席を確保した。

和昌氏がホテルの検証や地形に関する報告書の明示について、止めたがっていたこと。離婚を言い出したのは自分だとしていること。糸崎議員との付き合いは今はなく、糸崎氏は最近、国政への進出を検討しているらしいこと。要点をまとめているうちにも電車は平塚に近付いている。

「それで、クレカが動揺してたのはなんでだったの？」

「みんな、もしやと思ったのでは」

「おれ、よくわかんない。小田原にある喫茶店がどうかしたの？」

「クレマチスって花の名前だよね」

覚悟を決めて口を開く。

「私のおばあちゃんの名前、呉万智子なんだ。旧姓はちがうんだけど、結婚してそうなった。運命的なものを感じたそうで、クレマチスの花を、今風に言うとアイコンにしてるわけ」

「クレマチコ？　クレマチ……ス。そうか。しゃれ？　おもしれえ」

池山には受けたようで、沙也香はぬるい笑みを返す。岡部は気づいたらしい。

「相談相手と聞いて、お寺のおばあさんの言っていたマチコさんを思い出していたんだ。クレマチスとマチコがシンクロするなと思っていたら、目の前に動揺しているクレカがいた」

「ねえねえ教えて。笹ちゃんのおばあさんが相談していたマチコさんと、和昌さんの相談したクレマチスさんは同一人物なの？」

「わからない。私もさっき聞いたばかりだもん。お寺のおばあさんの言うマチコさんは、うまい話に乗らないよう忠告したんだよね。みんなには黙っていたけど、名前も同じだし、もしかしたらと思っていたんだ。でも和昌氏によれば、マダムKはホテル建設を激励したことになっている。あっちとこっちで別人みたい。どう思えばいいのか。すぐには答えられない」

「はっきりさせる手立てはある？」

岡部がまっすぐ尋ねる。

「本人に確かめるしかないよね。でも相談者のことは話してくれないと思う」

「今どこにいるんだろう」

「たぶん、小田原にある喫茶店『クレマチス』」

「もうすぐ小田原だ」

平塚で降りるべき未玖も、国府津《こうづ》で降りるべき池山も自分もまだ乗っている。車体の振動に合わせて沙也香の気持ちは揺れる。祖母に限っておかしなことは言うまいと信じているけれど、一抹《いちまつ》の不安は拭えない。みんなが何を考えているのかも気になる。このままでは帰れない。

「よかったら、これから寄ってみる？」

三人はその言葉を待っていたかのように、顔を引き締めてうなずいた。

小田原駅で降り、小田原城のある東口とは反対の西口に出る。バスロータリーに面したビルのひとつに、沙也香の通う予備校がある。七月中旬と八月上旬に設けられていた夏期コースは、他校生のレベルに圧倒されつつもなんとか通いきることができた。八月後半は部活を考えて取らずにおいた。正解だったと思う活動ができればいいけれど。まだまだ予断を許さない。

難関大学への合格者数を掲げた垂れ幕を横目に、沙也香は三人を引き連れ路地に入る。四、五分も歩けば駅前の喧噪《けんそう》が薄れ、焦げ茶色の外壁に観葉植物のあしらわれた喫茶店が見えてきた。ドア横の壁に「カフェ　クレマチス」と書かれたプレートが下げられている。添えられている花は七宝《しっぽう》焼きのクレマチスだ。

「がっつりしたメニューはないよ。ご飯ものだとオムライスとキーマカレーとガパオ」

時間は一時半を過ぎていた。みんな空腹を抱えている。池山が「ガパオって何」と聞いてくるのに、「食べてみな」と返しながら、沙也香はドアを押した。

ランチ時を過ぎ、店内にお客さんは数人だった。「いらっしゃいませ」と声をかけてくれたのはウェイトレスの女性だ。沙也香と気づくなり笑みを浮かべたが、後ろに続く同じ制服を着た学生たちに驚く。友だちを連れてきたのは初めてだからだ。

何か言いたげな顔のまま、右手奥の席を勧めてくれる。沙也香は先に座るよう三人を促《うなが》した。店はL字形に客席が配置され、ドアから入ってすぐの右側は幅の狭い道路に面している。左側はもっと細い路地に沿って延び、隣のビルの壁が迫っている。

祖母は左の奥に仕切りを設け、占い希望者と個別に面談する。誰もいないときはパーティションが外されているが、今は花柄のそれが見えるので相談者がいるらしい。ほんの二週間前、沙也香がうたた寝していた場所だ。

「おばあちゃんと話がしたかったんだけど」

ウェイトレスの女性が小声で教えてくれる。

「もう終わりの時間よ。ただ、三時から別の約束があるみたい」

それを聞いて大急ぎで食べ物を注文した。ガパオライスとキーマカレーが二皿ずつ。運ばれてきた料理を四人ともあっという間にたいらげる。その途中で祖母が奥から現れた。相談者を見送り、ひと息入れてから沙也香たちのもとにやってくる。部活の友だちであることはウェイトレスの女性からすでに聞いているらしい。どうして連れてきたのかと、訝しむ気持ちはあるだろうが、みんなにはにっこり微笑んで挨拶してくれた。

仕事中とあって刺繍がちりばめられたオーガンジーのドレスをまとい、じゃらじゃらしたアクセサリーもつけている。占い師のイメージを裏切らない装いだったのか、未玖はうっとりする目になるが、池山と岡部は明らかに緊張している。

「おばあちゃん、今日は遊びに来たんじゃないの。ややこしい話があるんだ。まずはそれ

「を聞いてくれる?」

「あら。何かしら」

　昼食を取りながら打ち合わせていたとおりに、祖母には奥の座席に座ってもらう。となりに沙也香と未玖が詰めて腰かけ、向かいには岡部と池山が座る。新聞部二年生の、ここしばらくの活動を岡部が主になって話す。

　祖母は廃ホテルにまつわることだとわかったとたん、そわそわと落ち着きがなくなった。明先寺を訪ねた話になると酸っぱいものでも舐《な》めたような顔になり、ついさっき和昌氏に会ってきたと聞いて、こめかみに指先を押し当てる。これらのリアクションからして、「マチコさん」と「マダムK」は同一人物にまちがいないらしい。

「明先寺のおばあさんのお姉さんと、瀬田和昌さんが夫婦であったことは、当時おばあちゃん、知ってたんだよね。最初から？　それとも途中から？　いずれにしてもふたりから別々に相談を受けていたってことでいい？」

「瀬田って苗字、白沢町に多いのよね」

　とぼけた口調でつぶやく。珍しい苗字ではないので気づくのが遅れたということか。途中で気づいても、知らないふりを通すしかなかったようだ。

「さっき会った和昌さん、マダムKにホテル建設を激励されたと言ってたよ。そのとき、身内と縁を切るようにも勧められたんだって。ほんとう？」

祖母の眉根がかすかに寄るが、すぐに戻ってノーコメントを告げる。予期していたこととはいえ、もどかしい。

沙也香は向かいに座る岡部や池山を見た。ふたりとも「そうですか」「なるほど」と素直にうなずきつつ、それぞれ口を開く。

「もしも自分が占ってもらう立場なら、よその人にぺらぺらしゃべってほしくないです。だからノーコメントもしょうがないって思うんですけど、占われた側は何を言ってもかまわないんですか」

「守秘義務って、占う側だけが負うんですか」

ふたりの投げかけに、祖母の表情がやわらぐ。

「そうね。話さないことは自分で決められるけど、相手に強要はできないわ」

「でもホテル建設は結果として失敗しました。マチコさんが和昌さんの決断を後押ししたのか、止めたのかでは、真逆じゃないですか。でたらめを吹聴《ふいちょう》されたら、名誉を傷つけられることになりませんか」

岡部に言われ、祖母は小首を傾げた。

「あなたたちは占いを、どういうものだと思っているのかしら。大きく分けるとふたつあるのよ。ひとつは命術《めいじゅつ》。生年月日や出生時刻といった不変的な情報をもとに、膨大なデータから運勢を診断するの。占星術や四柱推命《しちゅうすいめい》が代表的なものね。聞いたことがあるでしょう？　もうひとつは卜術《ぼくじゅつ》といって、偶然の事象をもとにその意味を読み解いていく。タロットカードや易《えき》占いなどが当てはまるわ。偶然引き当てられたカードや筮竹《ぜいちく》を見て、相談者の知りたいことを導き出す。今言ったふたつ、どちらも勘やひらめきは必要ないの。超能力や予知能力ともちがう。学んで知識を得て、診断をくだす。神秘的というより、合理的。統計学の世界とも言われているわ」

沙也香以外の三人にとっては初めて聞く話だったらしい。困惑の表情を浮かべる。

「イメージとちがうんですけど。特別な能力がいるんじゃないですか。こう、水晶玉に手をかざすと何か見えてくるみたいな」

「そういう人もいるのかもしれない。でも多くの占い師は超能力以外のもので判断するわ。私もよ」

「勉強して答えを出すだけなら、どの占い師の占いも同じになりませんか？　パソコンのアプリを開発すれば、簡単にわかってしまうかもしれない」

「アプリはさておき、昔から本はあるわよ。大きな本屋さんに行けばコーナーができるくらいにさまざまな出版物がある。自分で計算して、今月の運勢や誰それさんとの相性を導き出すことはできる。けれどやっぱりそれは大まかなもので、詳しく知りたかったら本には載せきれないような細かいデータが必要になる。種類の異なる占いを組み合わせることにより、わかることも多い。そうやってどんどん複雑になってしまうから、専門家に頼んだ方が早くなる。正確にもなるの」

　神妙な面持ちになる三人に、祖母はさらに言う。

「話を戻すと、読み解いた診断が正しいかどうかは、同等の勉強をした人でないとわからない。つまり正しいかどうかわからないのに、相談者は占い師の言葉に耳を傾ける。最初から、信頼がないと成り立たないの。信用できないと思ったら、その人は来なくなる。残念だけど、それは占い師の力不足でもある。安心して相談してもらえるような関係を築かなくてはならないわ」

　沙也香は祖母の横顔に、花弁をしっかり開いて凛《りん》と咲くクレマチスを重ねた。これまでにも理不尽な思いをすることはあっただろう。裏切りや足の引っ張り合いが珍しくない世界だと、父が漏らしたこともある。それらに心折れることなく、相談者を数多く抱え、ついには自分の店も出した。

「難しい話をしちゃったわね」

「いいえ。すごく、目から鱗《うろこ》です」

「あなたたちの行動力も素晴らしいわ。平静を装っていたけどドキドキした」

　祖母の笑顔につられ、岡部たちの肩から力が抜ける。

「明先寺さんにも行ったとは」

「あそこのおばあさんは、お姉さんのことを誇らしそうに話していました。従業員に払うべきものを払い、みごとに旅館をたたんだと。そうせずにすべて投げ出し、夫婦で町を去っていたらどうだったのかなと、ここに来る道々考えました。和昌氏は連れて出なかったことを詫びる口ぶりだったんです。一緒に再出発したかったと。でも再出発にもいろんな形がありますよね。タワーマンションに住んで高級外車に乗ることを望まない人もいる」

岡部の言葉に、沙也香も池山も未玖もうなずいた。

老人ホームでひっそり亡くなることを、この世でもっとも不幸な最期とは思いたくない。お寺のおばあさんや容子さんはお姉さんに寄り添い、心を通わせていたはずだ。見かけの華やかさはなくても、満たされるひとときがあったことを密かに祈る。

「いいわね。あなたたち、ずいぶんしっかりしている」

「そうでもないです。すぐいろいろ、ぐらぐらします」

池山がすかさず言う。

「今からしっかりばかりだとつまらないわ」

和んだ空気の中で、祖母は思い出したように時間を気にした。お客さんが来る頃だろうか。

「おばあちゃん、廃ホテルについて、ほんとうはもっとたくさん話したいことがあるの。でも誰か来るんだよね」

「ええ。どなたなのかは聞いてないでしょう？」

意外なことを言われる。

「私の知っている人？」

「あなたたちの先輩よ。ほら、噂をすればなんとやら」

窓際に座っていた祖母には道路に立つ人影が見えたらしい。誰なのかと沙也香は腰を浮かせたが、窓にへばりつく前にドアが開いた。男の人がふたり、入ってくる。

「土屋さん」

新聞部の先輩にして西神奈川新聞の現役記者だ。向こうも気づき、こちらにやってくる。

「誰かと思ったら君。あれ、どうしたの。こっちの君も新聞部だったよね。もしかして男の子たちもそう？」

全員立ち上がって挨拶する。沙也香と未玖は通路に出て、奥に座っていた祖母を通した。

祖母は土屋さんの連れてきた男性に話しかける。

「あなたが大島さんの？」

「はい。お忙しいところをすみません」

「お顔を見て、ああと思ったの。目元が似ているわ。もっともあなたの方がハンサムね」

男性は三十代くらいだろうか。日に焼けた精悍な風貌で、笑うと目尻に皺が寄り、親しみやすさが倍増する。

「父はクレマチスが好きだったと聞いています。最初は店の名前に引かれたんでしょうか」

「開店してすぐの頃は、道順を示す看板を駅のそばに置かせてもらったの。それに目を留めたみたいよ。さあ。お父さんが座った席で、気に入ってくれたコーヒーをどうぞ」

祖母は男性を促し、沙也香たちがいるのとは反対側の席へと連れていく。

「先輩、あの方は？　占いに来たんじゃないんですか？」

「ちがうよ。彼のお父さんがこの店に何度か来ていたらしい。ここならぼくも知っているからね。案内役を買って出たんだ」

口ぶりからすると、お父さんという人はもういないのか。

「おばあちゃんの店の、常連さんの、息子さん？」

祖母は男性の世話を焼いているので新聞部の先輩に尋ねる。

「常連さんというほど通ったわけじゃない。二、三回だと思うよ」

「それで顔を覚えているんですか」

「まあね。開店直後の数回でも、そのあとここにも警察が来たから、君のおばあさんの印象にも強く残ったんだろう」

警察？　思わず岡部たちを見た。みんなも目を丸くしている。

沙也香の脳裏にタロットカードが並んでいく。その中の一枚をめくったとしたら、今は不穏を表す絵が描かれているのではないか。

未来を見通す超能力がなくても、ときとして人には勘が働くらしい。漠然とした胸騒ぎを抱えていると岡部がつぶやく。

「この店ができたのはいつ？」

「三十年前だけど」

「その頃で、大島、警察。もしかして」

スマホを操作した彼が、すぐに顔色を変える。

「これじゃないのか」

差し出された画面を沙也香も池山も未玖ものぞき込む。表示された画像には三十年前に白沢町で起きた児童殺害事件の概要が書かれていた。容疑者の名前は大島保。顔写真もみつかる。

その目元は、沙也香たちの視線の先でコーヒーカップを傾ける男性に、似ていなくもなかった。

花をつなぐ

1

待ち合わせ場所は、高井橋の近くにある小さな公園にした。

白沢駅からだと歩いて二十分はかかる。巡回バスに乗れば三つ目の停留所、「杉田《すぎた》」で降りて数分。強い日差しがまだまだ降り注ぐ八月下旬なので、誰でもバスに乗りたいだろう。けれど一時間に二本しかないので、運が悪いと待ち時間が長くなる。

集まるのは白沢高校新聞部二年生の四人だ。白沢町に住んでいる沙也香は自転車が使えるのでいいとしても、あとの三人は小田原方面から電車でやってくる。この電車も日中は極端に本数が少ない。一時間に一本あればいい方。バスの時刻表とすり合わせ、待ち合わせ時間を相談するつもりでいたが、沙也香が気をまわす前に池山が午後一時に決めてしまった。

どうやら午前中に祖父母の家に行くらしい。池山の祖父母は白沢駅の北側に住んでいる。他のメンバーである岡部や未玖から文句が出なかったので、沙也香はその時間に合わせて自転車に跨がった。

空には白い雲がまばらに浮かび、山際には灰色の雲が横たわっていたが、降ったとしてもにわか雨だろう。念のためにと鞄に入れたのは、傘ではなく日焼け止めローションだった。

二日前の夕方、新聞部の四人は、沙也香の祖母がオーナーを務める小田原の喫茶店「クレマチス」で、思いがけない人物に出会った。三十年前に白沢町で起きた女子児童殺害遺棄事件において、容疑者とされた男、大島保の息子だ。

凶悪事件の関係者と間近に接するのは沙也香にとって初めてだった。心拍数は弥《いや》が上にも跳ね上がる。メンバーも同様だったらしい。親は親で、子どもは子ども。偏見《へんけん》を持ってはいけないし、どんな場合でも分別が必要だと頭ではわかっている。でもじっさいに殺人犯の身内を前にして、冷静でいるのは難しかった。

内心の動揺が隠せたのは、新聞部の先輩にあたる土屋記者と共に現れたからだ。土屋さんは知り合いのような雰囲気で、沙也香の祖母に男性を紹介した。祖母は他のお客さんに接するのと同じように、にこやかに招き入れた。何よりその男性は立ち居振る舞いも表情も自然で、町中《まちなか》の喫茶店にすんなりとけ込んでいた。土屋さんから紹介されて、沙也香たちにも飾り気のない笑みを向けてくれた。

その場でできたのは通り一遍の挨拶だけだ。今どうしてあなたがここにいるのかと、もっとも聞きたいことは口にできない。土屋さんのほうにも教える気はないらしい。沙也香たちは何事もなかったように席を立ち、会計をすませて表に出た。

駅前に戻る頃には、その日まで追い続けていた十二年前の道路誘致に関する不透明部分への追及は消し飛んでいた。三十年前の殺人事件で頭がいっぱいになる。

土屋さんとあの人の関係はいったいどうなっているんだろう。殺人犯の息子という雰囲気ではなかったが、それはなぜだろう。今になって「クレマチス」を訪れた理由は？

四人でひとしきり話し合ったが埒《らち》はあかず、そうこうしているうちに三十分以上が経過していた。少しでも事情が知りたくて、沙也香は祖母のスマホに電話をかけた。気づいてくれないかとも思ったが、かかってくることを半ば予想していたのだろう。問題のお客さんたちも帰ったあとらしく出てくれた。祖母はこう言った。

「三十年前の事件で、逮捕されたのは大島保さんだったけど、ご本人は一貫して無実を主張していたの。そして裁判の途中で亡くなってしまった。急性肺炎をこじらせての病死よ。私には真実とやらはわからない。でも無実がほんとうならば、なんてお気の毒な。そう思うから、息子さんには私の知っている大島さんについて話したの。それだけよ」

殺人犯ではないのかもしれない？

逮捕がまちがいだとしたら冤罪《えんざい》？

祖母は仕事の途中と言って、多くを語ってくれなかった。

翌日になって、今度は土屋さんに電話をした。新聞部部長である沙也香が代表してかけたのだが、土屋さんの口は重かった。あの男性と知り合ったのはごく最近で、昔の事件を知りたいと言われ、できる範囲で協力しているそうだ。質問に答えてくれたのはそれだけ。君たちは首を突っ込まないようにと釘を刺された。

夜にもう一度電話をしてみたが、話はもうしないとため息交じりに断られた。


沙也香が公園に到着すると、未玖の姿があった。早めの電車に乗り、コンビニのイートインでお昼を食べてからバスに乗ってきたそうだ。ぎりぎりの電車に乗ってきた岡部は小走りにやってきて、池山は祖父の自転車で現れた。

高井橋は亡くなった女の子の自宅に近く、犯行現場もこの近辺とされている。三十年前の犯行当日は朝から雲が低くたれ込め、上流では日中から本格的な雨降りだったと、岡部がみつけた資料には書いてあったそうだ。沢戸川の水位は高井橋付近でも上がり、広いはずの河川敷は狭まり、流れも速くなっていたらしい。

沢戸川は北西部から町に入り、南に延びたのち、ゆったりと東に向きを変える。高井橋がかかっているのは、L字形に曲がる角の部分にほど近い。道路誘致問題を探っているうちに遭遇した事件だ。自分たちの足で歩いて事件の概要くらいは知りたい。

沙也香たちは四人そろったところで、公園から河原に沿って移動した。整備された道はないが草むらや雑木林を抜けるような小道はついている。木々の間から、あるいは生い茂った雑草の合間から川が見える。道の途中には苔《こけ》だらけのお地蔵さんもあって、昔はここも人の行き来があったのかもしれない。

今の高井橋付近は農地よりも草ぼうぼうの空き地が目に付くけれど、昔はもっと農業が盛んだった。整備された畑や果樹園が広がっていたはずだ。

犯人とされた大島保も大型農家で働く季節労働者だったらしい。

「イケのおじいちゃんやおばあちゃん、なんか言ってた？」

「ばあちゃんは『あれねえ』と遠い目になるだけだったんだけど、じいちゃんはじいちゃんだよ。まだ十歳で亡くなるなんてと、話しながら目を潤《うる》ませるんだ。そして犯人への怒り爆発。裁判途中で亡くなったのは天罰が下ったんだってさ」

会ったこともない池山の祖父だが、激怒している様子が目に浮かぶ。

「『クレマチス』で会った男の人、イケのおじいさんにばったり会ったら大変だね」

「おれも思った。親に代わって詫びろと、首根っこを摑まれかねないよ。そういう意味であの人、白沢町には入らない方がいいと思う。うちのじいちゃんみたいに義憤《ぎふん》にかられている人は他にもいるだろうから、ぼこぼこにされるよ」

「でもあの人のお父さんが犯人だと決まったわけじゃないんでしょ。無実かもしれない人だよ」

「それ、おれだってじいちゃんに言ったさ。言いにくいけど言った。そしたら馬鹿言うなって。罪を認めもしないでシラを切り通しただけだって。そうすりゃ人殺しでも無実になるのかって」

雷でも落ちたかのように池山は首を縮めた。横で聞いていた岡部も肩をすぼめ、未玖も酸っぱい顔になる。

池山の祖父は十二年前の道路誘致のさいも、白沢町のためを思って活動に参加した。旗《はた》頭《がしら》を務めた旅館の主を信用し、未だにつゆほども疑っていない。

「じいちゃんを見ていたら、冤罪ってつくづくやばいと思った。たとえほんとうは白くても、灰色かもしれないっていう疑いが吹き込まれるとどんどん灰色になっていって、黒になるんだ。じいちゃんの頭の中で、あの事件はもう完結している」

「その流れって、道路誘致問題と逆の意味で似てない？」

沙也香は小道から草むらに分け入り、藪《やぶ》の前で立ち止まった。

「町の未来のために道路を誘致しようっていう、すごく素晴らしいスローガンが、どんどん光り輝いて、灰色っぽいものや黒っぽいものを薄めてしまい、最後は真っ白になるの」

町を挙げての選挙活動へとつながり、当選の報を受けて万歳三唱があったそうだ。感極まって涙を流す者もいた。まさに純白のハレーションだ。

「簡単に黒になったり白になったり、つまり、おれのじいちゃんが単純すぎるってことか」

「ちがうよ。誰だって、事件が起きたら早く犯人を捕まえてほしいって思う。ひどい事件であるほど、わかりやすく決着してほしい。犯人逮捕と聞けばほっとする。道路誘致だって、町のためになんとかしたいって気持ちがまず先にあるんだよね。流されやすい背景があるんだなって思ったの」

未玖が「ねえねえ」と腕を引っぱる。

「学園祭もそうだったりして。みんなザブザブ流されるよ。クレカも学園祭ですごい発表をやりたいという気持ちに、押し流されていたよね」

「うわ、刺さるわ、それ。もう大丈夫とは言いきれない」

胸を押さえて顔をしかめると、池山も破顔する。ことの大小を問わず、人の気持ちがひとつの方向に流されてしまうことはどこにでもあるようだ。

「そういうとき、流れの外にいる人の視点は有意義だよね。つまり昔の事件であっても、おれたちにできることがまだあるかもしれない」

岡部の言葉に気持ちが切り替わる。

藪の向こうは行き止まりで、一メートル足らずの高さだが崖になっていた。立木を摑みながらのぞき込めば真下に川が見える。水量の少ない今ならば水面も低いが、増水すればすぐ近くまで迫ってくるだろう。

女の子を投げ入れたのはここではないか。特定はできないが、こういった場所は昔も今もありそうだ。

「殺された子は増水した川に流されて、川下の橋の近くで見つかったんだよね」

「朝日橋だよ」

「このあたりをもう少し見てから行ってみよう」

沙也香たちは町の地図を広げ、今いる場所を確認した。そのあと最初の公園に戻り、停めてあった自転車を押して、付近の家々や農地を見ながら歩いた。途中で「金子《かねこ》」という表札を見つけたのは数少ない収穫だった。

逮捕された男性が働いていたのは金子農園だったらしい。大きな母屋の奥に広々とした土地が広がっている。不法侵入にならないよう、気をつけながら畦道に分け入ると、作業小屋らしき建物や物置、資材置き場がそこかしこに見え隠れしていた。人の気配がなく静まり返っているので、今は使われていない施設のようだ。遠くの畑は農作物が整然と並んでいるので、規模を縮小して農業を続けているのだろう。そういった家は今どき多い。

寂れたエリアを歩いていくと、雑木林の向こうに二階建ての建物が見えた。出入り口付近まで背の高い雑草に覆われ、二階の窓ガラスのところどころが割れている。

「もう使われてないみたいだね」

「もしかして寮？」

「季節労働者の？」

「だったら――」

大島保さんが住んでいたのかもしれない。ここでなくても、こういった建物の中の一室に。

調べたところによればと、岡部が厳《おごそ》かに言う。

「大島保さんの逮捕に至った決め手は、女の子の持ち物であるハンカチが大島さんの布袋の中から見つかったことと、犯行のあった日の夕方、女の子と大島さんが歩いているのを見たという情報が寄せられたからだ」

「それは厳しいね」

「でも大島さんは最初から強く否定した。その日は久しぶりの休日で出かけていたそうだ。女の子とは会ってないし、布袋の中にハンカチが入っていたのも知らないと」

沙也香は首を傾げた。

「大島さんが犯人だとしたら、自分の布袋にハンカチを入れておくなんて危険なこと、するかな。でも犯人じゃないのなら、ハンカチがあると気づいたところで、誰かに言えばよかったのに。みつかってから知らないと言うのは一番まずいよね」

「袋の奥に押し込まれていたら気づかないかもよ」と岡部。

「誰が押し込んだの？」

「そりゃ」

岡部は意味深な顔になるだけだ。「真犯人」と声に出して言わないあたりが彼の賢さだろう。今の段階では大島さんが無実であるかどうかはわからない。真犯人がいるかどうかもわからない。先入観は禁物だ。

「ハンカチがどういう状況でみつかったのかを知りたいね。目撃証言についても、誰が何を言ったのかを知りたい」

沙也香が言うと、池山が「なあなあ」と口を挟む。

「お寺で聞いたあの話はどうなっている？　ほら、仲居さんが事件について何か見たんだろ。当時は揉み消されたみたいだけど」

「もちろん覚えているよ。あれも当たってみなきゃね」


金子農園の畦道から引き揚げて、沙也香と池山は自転車を押しつつ、町の南部を東へと歩いた。

途中で水分補給をしながら三十分。たどり着いた朝日橋のたもとには花束がいくつも供えられていた。何年経っても忘れられていない。裁判の途中で亡くなった大島さんにとっても、「クレマチス」で会った大島さんの息子にとっても、事件は終わっていないのだ。

川はこの先、JRの線路に近付いたところで、北東部から流れてきたもう一本の川と合流して南足柄市に向かう。小田原の街を抜けて相模湾《さがみ》へと注ぎ込む。

女の子の亡骸《なきがら》は白沢町の中で見つかった。弔《とむら》うことも無念を晴らすことも、この町にゆだねられたのかもしれない。勝手な想像だけど、一度その考えが浮かぶと胸が騒いでじっとしていられない。強い力で背中が押されている気がする。

「これからどうする？」

岡部に訊かれ、沙也香はリボンのはじを揺らしている供花から顔を上げた。

「亡くなった子の通っていた小学校にでも行こうかな」

「クレカの母校でもあるわけ？」

「そうなのよ」

三十年前の話を聞ける人はいないだろうし、何と言っても今は夏休み中だ。十数年前に建て替えられた校舎を見るだけになりそう。

「学校に行く前に、土屋さんちに寄ってみようか」

「家の場所、知ってるの？」

「ううん。でも新聞部から郵便物を送ったことがあって、だいたいの住所ならわかる。小学校の近くなのよ」

岡部も池山も未玖も賛同したのでさっそく地図を開いた。町の名前は覚えている。番地はあやふやだったが、手分けをして住宅街を行ったり来たりした。三十分も経った頃、やっとのことで「土屋」の表札を見つける。

四つ並んだ名前の一番最初に「賢一《けんいち》」とあり、まさしく先輩の名前。まちがいないだろう。

場所は小高い丘の中腹だった。近隣の住宅に比べてひとまわり敷地は広そう。インテリア雑誌の表紙を飾りそうな、洗練された二階建ての家が美しく建っていた。

「へえ。新聞記者って儲かるんだな」

「大きな声で言わないでよ、イケ」

「いやいや、ほんとうに儲かっていたら小田原に建ててるか。もしくは秦野」

「品がない。やめて」

「でもクレカ、家まで来てどうするの。今日は平日だからまだ仕事中だろ。ここで帰ってくるまで待つわけ？」

どうするかはあいにく考えていなかった。

「今日は家の場所を確かめるだけで、次の週末に、偶然を装ってこの道を通ってみようかな」

「たまたま通りすがるような道じゃないし」

「ならイケはどうすればいいと思う？」

「チャイムを押して中で待たせてもらおう。おれたちの熱意を伝える。中はきっとエアコンが効いてるぞ」

「二度と口を利いてくれなくなるのが落ちだよ」

「しつこいのは先輩から受け継いでいる伝統だ。新聞部のおれたちは真剣に三十年前の事件を調べている。生半可《なまはんか》な気持ちじゃない、ってのをとにかくわかってもらう」

一番の情報源は土屋記者であることにまちがいないので、池山の言うようになんとか粘《ねば》ってみたいが、向こうには教える義理も理由もないのが悩みどころだ。

チャイムはまずいよ、冷静になろう、でもこのまま引き返すのは。そんなやりとりをしていると、生け垣の向こうから人影が現れた。

こんがり日に焼けた中学生くらいの男の子だ。庭にいて、沙也香たちの声が聞こえたらしい。四人はあわてて不審者ではないと訴えようとしたが、手を横に振っているうちに相手の方が先に口を開いた。

「もしかして白沢高校の？」

「そう。よくわかったね。怪しい者じゃないの。失礼なのはいるけどね」

傍らに立つ池山を小突く。大げさなリアクションが返ってくる。

「白沢高の、新聞部？」

「あれ。自己紹介ってしたっけ」

「昨日、うちの父親と電話で話していませんでしたか」

「君のお父さん。そか、あのとき土屋さんは家にいたのか。電話したした。お父さん、何か言ってた？」

「高校の新聞部の後輩まで、三十年前の事件に首を突っ込んでるって」

どういう意味だろう。沙也香は眉をひそめ、男の子はさらに言う。

「ぼくも似たような状態なんです」

「何が似ているの？」

「首を突っ込んでるんで」

男の子の日に焼けた喉元を凝視《ぎょうし》したのち、沙也香は池山と顔を見合わせた。背後で岡部と未玖もきょとんとしている。

「もうすこし、わかりやすく言ってくれる？」

「同じクラスの女の子のお母さんが、三十年前の事件を調べたがっているんです。それで巻き込まれたというか、成り行きというか。ぼくやその子も昔のことが気になって」

「女の子のお母さんって？」

「殺されて、朝日橋のたもとで見つかった子の、友だちだったそうです」

沙也香は思わず一歩後ずさり、呟いた。

「ふたり目だ」

聞き咎めるような顔をされたので、たどたどしく説明する。

「私たちにとっての、三十年前の関係者」

「ひとり目は？」

「言ってもいいのかな。犯人とされた大島保さんの息子で、土屋さん、君のお父さんと一緒にいたの」

「知ってます。その人と父さんを引き合わせたのはぼくの弟なんです」

どうやら複雑に絡み合っているらしい。

「よかったらゆっくり話を聞かせてくれないかな」

「ぼくも聞いてほしいです。今はすっかり行き詰まってて。お父さん、子どもが関わる話じゃないって何も教えてくれなくて」

その状況はまさしく今の新聞部四人と重なる。ＬＩＮＥのＩＤを交換し、さっそく明日、会うことを約束して別れた。

2

白沢駅の南側に建つ福祉センターには、一階の奥にベンチコーナーが設けられている。自動販売機が置かれた無料の休憩スペースだが、利用する人が少なくいつもがらんとしている。わかりやすい場所でエアコンもそれなりに効いているので、待ち合わせにそこを選んだ。

沙也香が約束の十一時に行くと、前後してばらばらとみんな集まってきた。案の定、今日も利用者の姿はない。密談にはもってこいと意見がそろい、互いの顔が見えるよう椅子の位置をずらして着席した。

顔ぶれは新聞部の四人と土屋家の長男拓人、彼の連れてきたクラスメイトの永瀬祥子。彼女はレースのトリミングが可愛らしいTシャツにデニムのハーフパンツを合わせ、足元はサンダルだ。長身であっさりした顔立ちをしている。生真面目《きまじめ》そうな優等生っぽい女の子に見える。

「ほんとうは弟も来ると言ってうるさかったんですけど、なんとかまいてきました」

「来てもよかったのに」

たちまち拓人は眉間《みけん》に皺を寄せた。

「弟ひとりでもうるさいのに、友だちがまたやかましくって。その子たちが大島保さんって人の息子と、つながってるんです」

弟の同級生だそうだ。新聞記者をしているお父さんに会ってほしい人がいると言われ、弟が橋渡しをしたらしい。

「小学生の子がどうして大島さんの知り合いなのかな」

「さあ。そこは聞いてないけど。知ってる？」

拓人は連れてきた祥子にひょいと尋ねた。緊張しているのか見るからに硬くなっている彼女だが、話はきちんと聞くタイプのようで、いきなり振られてもすぐに応じる。

「いろいろ言ってたけど早口だし、話があっちこっちに飛ぶから、私にもよくわからなかった」

祥子は小学生たちに会ったものの、すっかり圧倒されたらしい。

ひととおり挨拶や自己紹介がすんだところで、沙也香たちのもっとも聞きたいこと、三十年前の話になった。

祥子の母は幼友だちが殺されたショックから、高校大学と町の外に出て、結婚して子どもができたのちも実家に寄りつかなかったそうだ。けれど事件から三十年が経ち、娘が中学生になったのを機に、東白沢駅近くのマンションに引っ越してきた。目を逸らしていた過去の事件についても、自分の手でひとつずつ調べていこうと決意したらしい。かといってどこから手を付けていいのかわからず、頼りにしたのがかつての同級生、今は新聞社に勤めている土屋氏。

「と言うことは、土屋さんも亡くなった子の同級生なのね」

「そうなりますね」

「みんな小学校時代の同級生か。でも土屋さんが今の自宅付近に住んでいたなら、高井橋からは遠い。亡くなった子の家は高井橋の近くだったでしょ。近所の幼なじみというわけではなかったのか」

「はい。幼なじみだったのはうちのお母さんです」

祥子の母は時を経て白沢町に舞い戻り、犯人が住んでいたとされる寮にも足を運び、惨事のあったとされる林を歩き、遺体の見つかった場所に花を供えた。懐かしい通学路も遊び場だった空き地も笹舟を流した河原も、哀《かな》しみを呼び覚ますだけで収穫らしきものはほとんどない。

鬱々《うつうつ》とした気持ちを抱えていると土屋氏から電話があり、大島保の息子に会ってみないかと言われた。思ってもみなかった話だ。戸惑いもしたし恐怖にもかられた。誰の犯行なのか、真実は明らかになっていない。あの男の子どもに会って、自分は平常心を保てるだろうか。迷いはしたが、断ることもできずに会いに行った。

「私もその日はハラハラのしっぱなしでした。犯人とされた人がもしも無実だったなら、真犯人がいるってことでしょう？　過去を調べているお母さんに気づき、それをやめさせたくてよからぬことを企《たくら》むかもしれない。小さな女の子をひねり殺して、のうのうと生きているような人間ですよ。悪い想像が膨らんで、早く家に帰ってきてほしいのに、お母さんからかかってきた電話が途中で切れてしまったり。うち、お父さんが海外で働いているんです。家にいるのはお母さんと私のふたりだけ。そのお母さんがどこにいるのかわからなくなって、相談する人もいなくって」

思い出したらしく、祥子は手にしていたミニタオルをぎゅっと握りしめる。となりに座っていた未玖が宥《なだ》めるように寄り添った。

「すみません。ぜんぜん大丈夫だったのに、そのときほんとうにすごく恐くて」

「大事な人のことは恐くなるくらい心配するよね」

沙也香の言葉に祥子はうなずき、「何か飲もうよ」という未玖の提案に空気がやわらいだ。

祥子が心を痛めるほど案じているとき、彼女の母親が会っていたのが大島保さんの息子だった。勇気を振り絞って出かけたところ、相手はとても話しやすい人で、三十年前の真実を知りたいという思いが一致した。

今になって、なぜ彼が事件を調べようと思ったのか。

それは彼自身の母の意思が深く関わっているそうだ。数年前に大病を患《わずら》い、余命宣告を受けている身だという。自分の死期を意識したとき、心残りは夫のことだった。無実だと訴える夫を信じてはいたが、世間の反応はあまりにも激しく厳しかった。共に戦うならまだしも、判決前に夫は急死し、幼い息子を抱え生きていくのがやっと。誰が信じてくれなくても、自分と子どもがわかっていればいいのだと言い聞かせてきた。けれど、ほんとうにそれでよかったのか。

逡巡《しゅんじゅん》する母を見て、息子はすべてを打ち明けてくれるよう懇願した。父親に複雑な事情があることは気づいていた。そのときすでに息子は三十近く。母は重たい口を開いた。三十年前のことだが、当時の捜査状況については弁護士から話を聞いている。折に触れて書き込んでいたノートも息子に託した。

それによれば、白沢小学校に通う四年生の女子児童が行方不明になったのは、三十年前の八月二十六日夕方。夜には捜索願が提出されたが、降り出した大雨に阻《はば》まれ捜査は難航。翌日の午前十一時三十分、朝日橋近くの川縁で遺体が発見された。

解剖の結果、死因は頸部《けいぶ》圧迫による窒息死。死亡したあとに川に投げ入れられたと推測される。着衣に乱れはなく、暴行の形跡もない。死亡推定時間は前日の十六時から十八時の間。

殺人事件としてただちに捜査本部が設置され聞き込みその他が始まった。間もなく有力な目撃情報が寄せられる。亡くなった女の子が事件当日の夕方、男と共に歩いているのを見かけたというのだ。

風体からして捜査線上に浮かんだのは金子農園で働いている男、大島保。金子農園はその日、久しぶりの休日で、大島は昼前に小田原に出て昼食を取ったのち、古書店をぶらついてから白沢町に戻り、ひとりで山に入っていたと言う。遊歩道の途中に設けられた四阿《あずまや》で買ってきた本を読みながらうたた寝し、雨が降り出したので町に戻り、ラーメン店で食事をしてから寮の自室に帰った。

その内容について第三者の証言が得られたのは、十七時十五分に入ったラーメン店のみだった。犯行時間とされる十六時から十八時のうち、一時間十五分はどこにいたのか証明できず、空白の時間となった。

大島は亡くなった子と顔見知りだったことを認め、他の子を交えて河原や空き地で遊んでいたことを話した。けれど事件当日は会っていないし、姿を見てもいないと主張。やがて有力とされた目撃情報が不確かであることも判明する。見たと言ったのは近所に住む八十代の男性で、内容が次第にあやふやになり、覚えていた女の子の着衣は亡くなった前日のものだった。

けれど大島以外に怪しい人物は浮かばず、手がかりも見つけられない。捜査は行き詰まったかに見えたが、事件から三日目、大島のいた寮から女の子の持ち物が発見された。事件当日に初めておろしたハンカチで、階段脇の物入れに置かれた布袋の中にあった。その袋は大島の私物だった。

「それが逮捕の決め手になったのか」

祥子の話を聞きながら、熱心にメモを取っていた岡部が顔を上げた。

「でも、大島さんが入れたとは限らないよね。他の人間が罪を着せるために、わざと大島さんの袋に入れたってことも考えられる」

岡部の指摘に祥子はうなずき、自分のノートを見て答える。

「濡れ衣については警察も考えたようです。もしも他人の仕業なら、寮を出入りできて、大島さんの持ち物を知っている人が怪しくなります」

その年の夏、寮で寝泊まりしていたのは大島を含めて四人。三十年前にすでに農園は最盛期を過ぎ、寮もフル回転というわけではなかった。

大島以外の三人のうち、ひとりは事件当日、秦野でパチンコ店に長居し、暗くなってからスナックで痛飲ののち、二十時過ぎにタクシーで寮に帰ってきた。パチンコ店の防犯ビデオで確認が取れ、スナックの経営者も居合わせた客も店にいたことを証言した。

もうひとりは小田原の映画館で映画を見たのち、十六時から十七時半にかけて理髪店で髪を切り、となりの焼き鳥屋で一杯やっていた。これもまた店主や客たちが覚えていた。

残るひとりは高校生のアルバイトで、寮の部屋で漫画などを読みながら昼過ぎまで過ごし、十五時半から十七時にかけて作業小屋で農園の主を手伝い、そのあと母屋で主家族と共に夕食を取っている。トイレなどで姿が見えないときはあったようだが、五分以上ではないとの証言が得られている。

「永瀬さん、詳しくありがとう。ここまでの話をまとめると、女の子のハンカチが寮で発見された以上、寮の人間が関わっている可能性が高くなった。当時寮を使っていたのは四人。このうちアリバイがないのは大島さんだけ。なので大島さんが犯人である可能性が、これまた高くなった。ここまではわかったけど、あくまでも可能性の問題だよね。今の話だけだと大島さんがやったという証拠はない」

岡部の言葉を聞きながら、沙也香は前日の、池山とのやりとりを思い出した。最初は「もしかしてあの人かも」という小さな偏見だったのかもしれない。それがあの人のような気がするという流れを生み、多くの人を飲み込んで、あいつにちがいないという大河を作る。

流れに乗らなかった人が当時、どれほどいただろう。

自分がその場にいたらどうしていただろう。

「うちのお母さんが大島さんの息子さんから聞いた話は、これくらいなの」

「なら、当時わかっていたのもこれくらいってこと？」

「そう……なのかもしれない」

「ずいぶんいい加減だよな」

岡部が怒った声で言い、祥子がいたたまれない顔になるので、沙也香は間に入った。

「貴重な話を聞かせてくれてありがとう。私たちにとって大きな収穫だよね、岡部」

「うん。もちろん。ふたりに会えてよかったよ」

手放しの笑みを向けられ、拓人も祥子もやっと表情をほぐした。

「でもさ」と、岡部はすぐに話を続ける。

「大島さん以外に犯人がいるとすると、どうしてハンカチを持ち帰ったのかな。そういう収集癖《へき》があるならさておき、使えるとひらめいたのならすごい自信家だ。誰かを陥《おとし》いれようとっさに考えたってことだろ。余裕がある」

「と言うことは、完璧なアリバイがあったのかな」

「そんな気がする。そのとき寮で暮らしていた人とも限らない。中の構造を知っている人は他にもいるだろ。忍び込むことができれば、大島さんにアリバイがないとわかった上で、罪をなすりつけたとも考えられる。大島さんが事情聴取を受けているすきに、袋をくすねて物入れにわざと隠すんだ」

沙也香の脳裏に、前日見かけた古い建物がよぎる。今ほど草ぼうぼうではなかっただろうが、人目に付きにくい場所だ。その気になれば潜り込めるのかもしれない。

「岡部の言ってることはわかるけど、でもそうやってくと容疑者はすごく増えるよね。町の人みんなに可能性がない？」

祥子がすっと片手を挙げた。

「それなんです。大島さん、息子さんの方ですけど、困っていました。寮に忍び込めた人について、考えれば考えるほど増えてしまう。アリバイも今では再調査そのものが難しい。秦野でパチンコをしていた人はもう亡くなっていて、証言の得られたスナックは更地《さらち》になっていたそうです。小田原で映画を見ていた人は行方知れず。バイトの学生は当時は未成年ということで身元がわからない。最初に目撃証言をしたおじいさんももういません」

三十年はやはりとても長いということか。

「手詰まりになって、うちの父さんに相談したみたいですよ」

拓人がぼそっと言う。

土屋記者は話を聞いて、祥子の母に引き合わせたり、「クレマチス」に連れてきたりしたのだろう。

「高井橋近くの金子農園は？　まだあるんじゃない？」

沙也香の声に祥子が応じる。

「あるそうなんですけれど、行きづらいみたいです。金子農園の主は大島保さんを犯人だと決めつけていて、亡くなった女の子の家族を抜かせば、一番被害を受けたのは自分たちだと前々から言っているみたいで」

高校新聞部の四人はワンテンポ遅れてから、大きくうなずいた。池山の祖父の激昂《げっこう》ぶりを思い起こせば、平和的な会合は望めない。罵声《ばせい》を浴びせかけられるのが落ちだろう。下手すれば賠償を要求されかねない。農園が規模を縮小したことに、風評被害は多少なりとも影響しているだろう。

「不利なことがいっぱいあるね」

ただでさえ手がかりが乏《とぼ》しい上に風化は進み、偏見は根強く残っている。

ため息をつきながら天井を見上げていると、祥子がもじもじしながら言う。

「そちらは何かありますか。情報とか、発見とか」

「そ、そうだね、そういうのがなきゃね」

聞かせてもらうばかりでは申し訳ない。先輩として少しは胸を張りたい。けれど。

「めぼしいものがあまりない状態で、一応ひとつ、ネタはあるような、ないかもしれないような」

「ネタですか」

祥子も拓人も真剣な顔で聞き返す。

「目撃者なの」

沙也香はかいつまんでこれまでのことを話した。きっかけは秋に行われる学園祭での発表テーマ探し。目を付けたのは床石地区に建つ廃ホテルだ。さすが地元の中学生だけあって、拓人も転校生の祥子も「あそこ」と反応してくる。

十二年前の道路誘致が絡《から》んでいると知り、一番力を入れて活動していた老舗旅館の主の縁者に話を聞きに行ったところ、廃ホテルの件とは別に三十年前の話が出た。

「おじいさんとは別の目撃者ですか。初耳です」

「仲居さんと言ってたから女の人だと思う。今いくつになっているのかはわからない。捜してくれるよう電話で頼んだんだけど、それだけでは弱いから、今日これから行ってみるつもりなの」

「弱いって？」

「直に会ってちゃんとお願いした方が気持ちが伝わるでしょ」

「動き惜しみするなって、先輩から言われているしね」

「その前に昼飯だ。腹へった」

「笹ちゃんにはアポ取ったよ。今日はいるって。スイカを冷やしとくって」

岡部、池山、未玖と続く。祥子が「私も」と声をあげた。

「一緒に行っていいですか。もしよかったら」

「永瀬さん、行くの？　だったらおれも……かな」

拓人は迷う口ぶりだったが行くと決めたようで、祥子はその日もっとも嬉しそうな、輝くような笑みを浮かべた。男ふたりは気づかなかったようだが、沙也香と未玖は顔を見合わせ、頰がゆるむのを互いにこらえた。

池山が騒ぐので電車の時刻表を確認してから、駅前の食堂に寄った。食事が運ばれてくる間、食べ終えて駅まで歩く道すがら、時間があったので十二年前の道路誘致について詳しく話した。

拓人も祥子も熱心に耳を傾け、二転三転する話に目を瞬いた。面白がってはくれたが学園祭での発表については、そんなこととして大丈夫なんですかと口を揃《そろ》えた。

「新聞というより、週刊誌のスクープみたいな」と拓人。

「そこに、三十年前の事件まで盛り込むんですか」と祥子。

今やっていることを知ればそう思うのが自然だろうが、沙也香をはじめ岡部も池山も未玖も先々のことについては話し合いを避けていた。大きな声では言えないが、行き当たりばったりの状態だ。新聞部顧問の先生からもメールや電話があり、どうなっているんだと再三聞かれている。一年生からも進捗《しんちょく》具合をうかがうＬＩＮＥが入ってくる。どちらにもまともな返事はできず、あいまいにぼかしている。

「まだわからないんだ。先のことは決まってない。でも何か摑めそうな気はするから、今はそれでいいかなって」

不安がないわけではない。でも改札口を抜けて、中学生と高校生の六人でホームに立っていると、自分が特別な夏の中にいるような気がしてくる。白い雲の間で青空は強い輝きを放ち、その光が胸の奥まで差し込むようだ。

遮断機《しゃだんき》の音がして小田原方面から電車がやってくる。コンビニの店頭に掲げられた幟《のぼり》には、ソフトクリームやかき氷のイラストが描かれているが、線路脇の草むらには彼岸花が咲き始めていた。


平沼駅から歩くこと十分。高台の中腹にある明先寺へは、二度目なので迷うことなく到着した。一度目の時は不在だった笹ちゃんこと笹塚郁恵もいて、呼び鈴を鳴らすやいなや出てきた。

「あれ？　人数、増えてない？」

「いろいろあって中学生ふたりも一緒なの」

「そっか。大丈夫よ。大きなスイカだから」

おばあちゃんは出かけていて、お母さんが迎えに行っているそうだ。もうすぐ帰ってくると言う。通されたのは先日と同じ座敷。座布団を出すように言われて押し入れから引っ張り出していると、笹ちゃんはスイカを切ってきた。お寺なのでもらい物が多く、持てあましていたのでよかったと感謝される。

遠慮なくいただいているとおばあさんが帰ってきた。あわてて食べかけのスイカをたいらげたり、手や口を拭いたり、食器を片付けたりしていると襖《ふすま》が開く。

「あらいいのよ。食べてちょうだい。よく来たわね」

嬉しそうに言われて、沙也香たちも笑顔を返した。

「あとで電話しようと思っていたのよ。手間が省けてよかった」

「何かわかりましたか」

おばあさんは外出着のまま座卓の向こう側にぺたんと座った。手にしていた巾着《きんちゃく》袋から眼鏡ケースと手帳を取り出す。手帳の間から折りたたんだ紙切れを引き抜き、眼鏡をかけた。

「あなたたちから言われて昔のことを思い出してみたの。えーっとね、私は今年六十九になるんだけど、結婚したのは……そうそう、四十七年前。二十二のときよ。だから三十年前には子どもがいてお寺の若奥さんをしていたの」

広げた紙を見させてもらうと、旅館の跡を継いだお姉さんのことも書いてあった。三十歳を過ぎてから年下の和昌氏と結婚したようだ。

「お寺にいたもんだから、あっちのことはよくわからなくて。仲居さんだっていろんな人が出たり入ったりするでしょ。長い人も短い人もいる。でも容子さんがあの人じゃないかと言い出して」

容子さんは笹ちゃんのお母さんだ。

「旅館がなくなったあとも、姉さんのところに行ってくれたり、お葬式にも来てくれたの。

冨枝《とみえ》さんといってね。姉さんより、ふたつか三つ年上だったと思うわ」

「お姉さんは生きてらしたら七十三歳のようですね。冨枝さんはふたつ年上として、今は七十五歳くらいでしょうか。三十年前だと四十五歳」

紙の中の数字を見ながら、沙也香もせっせとメモを取った。

「そうなるわね。冨枝さんは働き者の気のいい人よ。病気がちの親の面倒を見てるうちに婚期を逃してね、ずっとなでしこ荘にいてくれた。それに、とても絵の上手な人だったの。お品書きにそえる絵や、大浴場の注意書きなんか、そりゃもう達者に描いてくれたわ。お客さんの似顔絵も喜ばれたものよ。本格的に勉強したらプロの絵描きさんになっていたかもしれない」

「その冨枝さんが、三十年前の目撃者ですか？」

「ええ、たぶん。そうだった気がする」

「今、どちらにいらっしゃるんでしょう」

おばあさんの声が少し低くなる。

「電話がつながらなくて、姪御《めいご》さんのやってるお弁当屋さんに聞いてみたの。そしたら冨枝さん、認知症なんですって。住んでいたアパートを引き払って、今はグループホームにいるそうよ」

ご存命で居場所がわかりそうなのはよい知らせだ。けれど認知症の程度はどれくらいなのだろう。

「私たち、お会いすることはできますか？」

「大丈夫じゃないかしら。姪御さんに頼んであげるわよ」

沙也香も他のメンバーもほっと息をつき、よろしくお願いしますと頭を下げた。おばあさんは快くうなずいてくれたものの、「でも」と眉根を寄せる。

「ひとつだけ気になることがあるの」

「なんですか」

「姪御さんと話していたら、途中でやけに口ごもるのよ。何かと思ったら、私が電話する数時間前にも、冨枝さんの様子を尋ねる電話がかかってきたんですって。これまでそんなことは一度もなかったのに」

みんなの表情がたちまち引き締まる。

「電話はどういう人からだったんですか」

「男の人で、名乗られたけれど心当たりはぜんぜんない。伯母さんとのつながりを尋ねたら、昔お世話になった者だとしか言わない。冨枝さんに聞きたいことがあるとくり返す。私がかける前の電話よ。姪御さん、深く考えずに認知症のことを話したそうよ。入居している施設を聞かれ、それも教えたらしい」

思わず「えっ」と声をあげてしまう。

「危ないんじゃないですか、それ」

「施設は、家族からの許可がない人とは面会させないそうよ。だからその人が出向いたとしても会えないはずだけど」

いったい誰だろう。三十年前の事件について、沙也香たちが知っているだけでも、大島保の息子や祥子の母、土屋記者が再調査を始めているけれど。

「あなたたち、目撃者の話を誰かにした？」

「いいえ。してません」

高校生の四人はすぐさま首を横に振った。土屋記者にも、顧問の先生にも、後輩にも、沙也香にいたっては祖母にさえ話していない。祥子と拓人はついさっき知ったばかりだ。

「和昌さんにも会ったんでしょう？　あの人には言ってない？」

「言ってません。話も出ませんでした。でも和昌さんは冨枝さんのことを知ってるんですよね」

メモ書きを見れば、三十年前には結婚して旅館にいたはず。

「まだ父が元気な頃で、あの年の和昌さん、修業だの丁稚奉公《でっちぼうこう》だのと言って、九州の温泉宿のいくつかに行きっぱなしだった。忙しい夏にも帰ってこないで、紅葉の頃にやっと戻ってきたくらいだから、女の子が亡くなった事件の前後は不在だったわ。姉さんの性分からして話してないような気がする」

それがほんとうなら、冨枝さんが目撃した話は和昌氏から漏れる恐れはないのか。

「ねえ、あなたたち、もしよかったら今からそこに行ってみない？　話しているうちに心配になってきたわ。私や容子さんはこれからお客さんがあるの。姪御さんもお店が忙しそうで」

「行きます。施設はどこですか」

「白沢駅からバスって聞いたけど、平沼駅も経由するんじゃないかしら」

容子さんを呼んできてと言われ、にわかに慌ただしくなった。現れた容子さんは話を聞くやいなやバスの時間を調べ始める。おばあさんは冨枝さんの姪に電話をかけた。

身支度を調えているとバスが十五分後に来るとわかり、沙也香たち六人は大急ぎで玄関に向かった。

3

時刻表の記載より三分遅れて現れたのは、御殿場《ごてんば》行きの路線バスだった。ＪＲの線路に沿ってしばらく走り、足柄駅の手前から旧街道へと入っていく。冨枝さんのいる施設「ひなたの里ホーム」は南足柄市内にあるバス停を降りてすぐの場所に建っていた。

まわりは空き地や駐車場、ホームセンターやアパートなど。民家の屋根もぽつぽつ見える。道路から奥まったところ、小高い山の手前に広がるのは畑だろう。白沢町と似たり寄ったりの眺めだ。

ひなたの里ホームは鉄筋コンクリート二階建てで、看板によればショートステイやデイケアも行っているらしい。ガラスドアを押し開けると受付があり、訪問者はノートに自分の名前と入居者名を記入する。冨枝さんのいるのは二階だそうで、担当のスタッフが迎えに来るという。

ためしに、ここ数日間のうちに冨枝さんへの来訪者があったかを聞いてみた。受付の人はノートをめくり首を横に振る。間もなく胸に「藤崎《ふじさき》」とネームプレートを付けた女性がやってきた。焦げ茶のエプロンの下は白いポロシャツに細身のパンツ。きびきびした人だ。

「あらほんと、聞いたとおりに大勢ね」

「初めまして。今日はよろしくお願いします。突然押しかけてすみません」

「いいのよ。連絡はちゃんといただきましたから。高校生四人と中学生ふたりね」

学生証を差し出すと、藤崎さんはざっと眺めたのち、エレベーターホールへと案内してくれた。

「訪問者があるといつも迎えにいらっしゃるんですか」

「顔なじみのご家族はちがうのよ。でもそうでない場合はセキュリティも兼ねて」

それは心強い。きちんとしているホームらしい。

「お部屋はひとりずつにあるんだけど、今日は大勢なので食堂にどうぞ」

「ありがとうございます」

「電話でうかがったところによれば、冨枝さんが働いていた旅館について聞きたいんですってね」

とりあえずそういうことにしてもらっている。

「昔のことならいろいろ話してくれるんじゃないかしら。冨枝さん、お客さんとおしゃべりするのが好きだし」

「だったら嬉しいです」

「『なでしこ荘』っていうんでしょう？ 私にも話してくれたわ。由緒正しい老舗旅館で、お料理もピカイチに美味しかったって。誇らしそうだった」

エレベーターに乗り込んで、二階に着いたところで岡部が口を開く。

「お話しするときに、注意すべきことってありますか？ 冨枝さん、認知症と聞いたので」

藤崎さんは「そうねえ」と生徒たちを見まわす。

「あなたたちが和やかに話を進めてくれれば大丈夫よ。話が矛盾してたり同じことの繰り返しになっても指摘しないでね。旅館はもうないと聞いたけど、暗い話題はなるべく避けて、向こうが話したら相槌《あいづち》を打つ感じで」

「暗い話はまずいですか」

岡部に尋ねられ、藤崎さんは首を傾げる。

「あまりしてほしくないけれど。聞きたいことでもあるの？」

ここに来るまでの間に沙也香たちは話し合ってきた。未玖のひいおばあさんも認知症を患っていたという。規則正しい生活が好ましく、変化はない方がいいそうだ。何かの拍子に気持ちが昂《たか》ぶり症状が悪化する場合もあるという。

三十年前といえども、殺人事件は刺激が強いだろう。楽しい思い出のはずもない。事前に打ち明ければ止められるかもしれないが、なんの責任も取れない身の上で傍若《ぼうじゃく》無人《ぶじん》なまねはできない。正直に訪れた真意を話すと、女性は考え込んでしまった。てっきり断られるとばかり思ったが、予期せぬことを言われる。

「その話、聞いたことがあるわ」

「ほんとですか」

「私だけでなく、ここのスタッフ数名が聞いている。殺人事件の犯人を見たって。でも、昔話の中にぎょっとする話が飛び出すのは珍しいことじゃないの。多くの年配者にその傾向がある。だからこちらとしてはあわてず騒がずの対応を取るようにしているの」

殺人事件の打ち明け話を耳にして、驚かないことが驚きだ。

「ぼくたち、話をしててもいいでしょうか」

「そうね。いきなりではなく雰囲気を見て。私もそばにいさせてもらうわ」

六人が通されたのは二階に設けられた食堂の一角だった。窓際のソファー席で洗濯物を畳んでいるおばあさんや、たどたどしい足取りでゆっくり移動しているおじいさんが、「あらまあ」「おや」と驚いた顔になる。私語を慎《つつし》み頭を下げると微笑みかけてくれた。

揃いのエプロンを身につけたスタッフたちは、テーブルとセットになった四脚の椅子だけでは足りないと、背もたれのないスツールも持ってきてくれた。

座る場所を決めて用意した昔の写真などを準備していると、先ほどの女性、藤崎さんに伴われ冨枝さんがやってきた。

白髪を丁寧にヘアピンで留め、ベージュのブラウスに焦げ茶のスカートを穿いている。身長は百六十センチの沙也香と同じくらい。お年の割に高い方ではないか。顔立ちはどちらかといえばえらの張った四角だが、目尻が下がっていて口元も柔らかい。親しみやすい雰囲気だ。

生徒たちは口々に挨拶をして、冨枝さんに座ってもらう。沙也香はとなりに腰かけた。あとの五人も席を詰めながらテーブルを囲む。藤崎さんは沙也香の後ろに小さな椅子を持ってきた。

なでしこ荘にまつわる思い出話は和やかに始まった。冨枝さんは上機嫌で、年末のお餅つきや中庭のしだれ桜、蛍狩り、紅葉した山々の美しさを話してくれた。用意してあった写真も懐かしそうに眺める。

「絵がお上手だったとうかがいました」

お寺で仕入れたネタを振ると、照れながらもまんざらではないらしい。藤崎さんが白い紙と筆記具を持ってきてくれた。冨枝さんは受け取ってさらさらと水車の絵を描く。かつての旅館には風情あふれる水車小屋があったそうだ。

お世辞抜きでうまい。見とれていると小川や草むら、遠くの山々も描き足される。お品書きの挿絵や似顔絵を描いていたと聞いていたので、ほのぼのとした可愛らしい絵柄を想像していたが、写真のようにリアルで克明《こくめい》だ。

すっかり感心していると、岡部がやんわり舵《かじ》を取る。

「今でも白沢町はこんな感じです。のどかで平和な町ですけど、哀しい事件も起きていますよね」

冨枝さんの手が止まり、そっとペンを置く。

「覚えてらっしゃいますか？　小学生の女の子が……」

「可哀想にね。本人も残された家族もほんとうに気の毒で」

目配せされて沙也香も口を開く。

「冨枝さんがなでしこ荘で働いていた頃ですね」

「ええ。わたし、あの犯人を見たの。まちがいないわ。夕方の暗い林を若い男と小さな女の子が歩いていた。暗いけれど木と木の間が空いている場所もあってね、ほの明るい中で顔も姿もはっきり見たの」

「それ、まだ覚えてますか？」

問いかけられ、少しひるんだ顔になる。冨枝さんの言う「若い男」とは何者だろう。捕まった大島保は当時、四十一歳。冨枝さんとそう変わらなかった。新聞に載った写真を思い起こせば年相応のおじさん顔で、若い男とは言わないだろう。

「覚えているわ。もちろんよ。でもその、なんていうか……」

沙也香は自分のノートの白いページを差し出した。けれど冨枝さんのペンが動くことはない。

「わたしの話を聞いて、旦那さんは迷惑そうな顔になるだけ。若女将《おかみ》は警察にと言ってくれたのに、旦那さんは出すぎたまねをするなって。犯人はもう捕まって、自分がやりましたと白状したからって。でも新聞を見たらわたしが見た男じゃないたと白状したからって。ほんとうにあの中年男が犯人だったの？」

「旅館の旦那さんと女将さん以外に、その話をしましたか」

冨枝さんは頭を横に振る。

「のこのこ出ていったら警察にしょっぴかれて、取り調べを受けることになる。裁判にも出なきゃいけない。そんな度胸はあるのかって、旦那さんが。旅館の名前に傷が付くとも」

あんまりな話だが想像できないわけではない。雇い主に一方的に言われて、従業員の立場では異議を唱えにくかっただろう。

「冨枝さんが見かけた若い男の人って、そのあと誰なのかわかりましたか」

再び頭が横に振られる。

「女将さんにも心当たりはなく？」

今度はうなずく。

「ぜんぜんですか」

再びうなずく。

冨枝さんは肩を落とし背中を丸め、消え入りそうな声で言う。

「わたしには絵を描くくらいしかできなくて」

岡部がガタリと椅子を鳴らした。

「絵ですか」

身を乗り出して畳みかける。

「若い男と女の子の絵を、冨枝さんは描いたんですか」

「ええ。女将さんもそうした方がいいって言うから」

「その絵は今、どこにありますか」

「さあ。ここにはないわ。アパートよ。押し入れの中か、タンスの上」

岡部の全身から力が抜ける。少し遅れて沙也香も気づく。冨枝さんはアパートを引き払ってこのホームに入居している。

おろおろと腰を浮かした冨枝さんは、背後にいる藤崎さんを見て招き寄せる。

「あなた、あれを取ってきてちょうだい。大家さんに言えば鍵を開けてくれる。アパートの和室よ。畳の六畳間。押し入れがついているの。茶箱の中かしら。ううん、薄い紙箱の中よ」

藤崎さんは宥《なだ》めるように寄り添い、冨枝さんを落ち着かせてから言った。

「その絵ならお部屋にありますよ。私に見せてくれたじゃないですか」

「あら、そうだったっけ」

「もしよろしかったら、ここにお持ちしましょうか」

冨枝さんの許可を得て、藤崎さんが部屋からスケッチブックを持ってきた。Ａ４サイズで表紙は黒と黄色のツートンカラー。かなりくすんでいて年季が入っている。そうそうこれよと受け取り、冨枝さんがページをめくった。

食卓に差し出された絵を見るなり、沙也香は息をのんだ。寒気が走る。体が震える。半袖から伸びた自分の腕を抱え込んだ。

その絵は鉛筆で描かれた、写真と見まがうほどの細密画だった。

雑然と生い茂る木々の間をふたりの人物が並んで歩いている。それを斜め前から捉えたアングルだ。距離は五メートルほどあるだろうか。向こうは気づいていないらしい。

並んでいる奥のひとりは背が高く、手前のひとりはその半分ほどしかない。高い方は胸にロゴの入った白っぽいTシャツを着て、顔立ちもはっきり見て取れる。端整《たんせい》な面差《おもざ》しの若い男だ。

となりを歩いているのはショートボブの女の子。襟元《えりもと》にフリルのあしらわれた、フレンチスリーブのカットソーを着ている。口元をぎゅっと結んでいるので、硬い表情に見える。男の口元はほころんでいるので、女の子に笑いかけているのか、話しかけているのか。

まわりの木々の葉の重なりや垂れ下がった蔦《つた》、伸びきった雑草、枯れた草むらなど、絵であることを忘れるようなリアルさだ。隅々まで眺めていると、画面の左下に描き込まれたお地蔵さんに気づいた。昨日、林の中で見たものと同じだろうか。そこだけ西日が当たり、お地蔵さんの影が斜めに伸びている。

「この場所は高井橋の近くですか。川に続く林の中の」

冨枝さんが「そうね」とつぶやく。

「何か用事があってここにいらしたんですか」

「ツユクサを探していたの」

その場にいたほとんどの人はきょとんとする。沙也香はひょっとしてと思いついた。

「もしかして笹舟にのせるあれですか。私も子どもの頃、川に流しました」

冨枝さんは「おや」という顔で沙也香を見る。

「あなたも知ってるの？」

「ええ。願いごとがあるときにするんですよね。冨枝さんにも何かありましたか」

「もう一度会ってみたいお客さんがいたの。夏になったらまた来ると言っていたのよ。わたし宛にハガキもくれた。だから待っていたんだけれど」

この絵を描いたのは夏の終わり頃だろう。秋へと季節が移りゆく中、冨枝さんはツユクサののった笹舟を川に流し、願いをかけるつもりだったのか。

「昔からある風習なんですね」

「ツユクサの？　さあ」

冨枝さんは首を傾げ、地元の小学生に教えてもらったと言った。

「元気のいい子どもたちがいてね。わたしがお使いに行くとよく会ったの。亡くなった女の子もいた気がする。だからよけいに不憫《ふびん》で。ここで声をかければよかった。そうすればひどいことは起こらなかったのかもしれない」

ひなたの里ホームを辞してバス停に戻ると、白沢町へのバスが来るのは三十分先だった。屋根の付いたベンチがあったので、女子三人が腰を下ろし、男子は左右に分かれて立った。

「すごい絵だったね」

「鳥肌、立った〜」

「水車の絵を見たとき、これはもしやと思ったけど、まさに息をのむレベル」

「惜しいよな。あれが写真ならばっちりの証拠品になるのに」

「まだドキドキしてます」

「絵ではやっぱりダメですか」

前の道路にはトラックや乗用車が行き交う。ちらちら目をやりながらも、心はまだホームの食堂だ。興奮が静まらない。

「このままにしておくのは勿体《もったい》ない。あれをなんとかできない？」

沙也香が言うと、待ってましたとばかりに岡部が生き生きとした顔になる。

「たしかにどんなにリアルでも絵は絵だ。証拠能力に乏しい。でも、もともと三十年前の事件は時効が成立している。今は凶悪犯罪の時効が廃止されたりしているけど、法改正前に成立した時効はどうにもならない。けれど今からだって、大島保さんは無実で、真犯人はいるのかもしれないという問題提起はできると思うんだ。もう一度、考えてみませんかという論調。そのための材料にあの絵はなりうる」

「そうか。一石を投じるってやつだね」

「関係者が見れば女の子が誰なのか、着衣を含めて詳しいことがわかる。一緒にいる男が何者なのかもはっきりする。クレカ、絵の写真を撮ってたろ。それを永瀬さんに送り、永瀬さんのお母さんに見てもらうんだ。お母さんはきっと絵の男を知っている」

岡部に言われ、再び興奮とも緊張ともつかないものが全身を駆けめぐる。祥子も同じだったらしい。お互いにスマホの操作がうまくできない。見かねて未玖も加わりやっとLINEがつながった。先ほどの絵の写真を祥子に送り、祥子は母親に送信する。

「岡部、あの男が何者なのかわかったらどうするの」

「拓人くん経由で土屋さんに画像を送ってもらおう。土屋さんは新聞記者だ。今現在、その男がどこにいて何をしているのかを調べてくれる」

「どんな人なんだろう」

「案外、近くに住んでいるかもよ」

やめてよと悲鳴のような声をあげてしまう。

「犯人かもしれないんでしょ。そうだよね。あの絵にはお地蔵さまが描かれていた。弱々しくだけど西日が当たっていた。影の角度を計算すれば、時間が割り出せるんじゃないの？　その時間がもしも十六時から十八時の間だったなら」

あの男は女の子の死亡推定時間に、一緒にいたことになる。

犯人でないとしても、重要参考人になりうる。

男はおそらく、警察には何も話していない。

隠している。

そのとき、話し声が聞こえてバス停に誰かやってきた。顔を向けるとおばあさんのふたり連れだ。ベンチから立ち上がり、どうぞと会釈しながら場所を譲った。おばあさんたちはありがとうと言ってくれたが、すぐには座らず顔をしかめた。

「今ね、そこに変な人がいたのよ」

ベンチの背もたれを指差す。

「黒っぽい塊《かたまり》だったからゴミ袋かと思ったら、急に動くんだもん」

「靴紐でも結んでいたのかしら」

驚いてベンチの裏側にまわってみたがゴミ袋も人影もない。ベンチは車道近くに設置されているので、歩行者は裏を通り抜けることができる。歩いている人はいたかもしれないが、立ち止まり、しゃがみ込む人がいるとは考えもしなかった。

ベンチそのものは背もたれが高く、両脇のパイプが延びて庇《ひさし》のような屋根をくっつけている。背後に潜まれては見えないし気づきにくい。立っていた岡部たちにとってもベンチの真後ろは死角だ。

「しゃがんでいたのはどんな人でしたか？」

「女の人じゃないわね」

「男でしょう？」

「わたしたちに気づいたらびくっとしたりして、腰を屈めたまますっといなくなったの」

六人は顔を見合わせた。もしかして盗み聞きをされていた？　あまりのことに呆然としたのち、みんな口々に言う。

「あれじゃないの、ほら、冨枝さんの姪って人に電話してきた人」

「私たち、つけられていた？」

「かもしれないし、ここでうろうろしていたのかもしれないな。冨枝さんのいるホームだぜ、ここ」

「どうしよう。絵のことがバレたね。そうだよね」

「あの絵の男だったりして」

うかつだった。まわりが見えなくなっていた。もっと注意すべきだった。興奮してすっかり舞い上がっていた。

「冨枝さん、危ないんじゃないかな。あの絵を持っているんだよ」

沙也香がおろおろした声を出すと岡部がしっかり応じる。

「いや。絵はもう写真に撮られている。ＬＩＮＥで拡散している。今さら止められないと、盗み聞きしたやつも思うさ」

「だったらこれから何をする？　逃亡？」

ベンチの裏からこっそり逃げ出したように。

「家庭や仕事があればおいそれとは雲隠れできない。逃げなくても言い逃れのできる方法を考えるだろう。それにしてもどうして今なのかな。おれたちや土屋さんたちが昔の事件を調べ始めたことに、気づいたからかもしれない。だから冨枝さんの消息も押さえておきたくなった。冨枝さんが有力な目撃者であることを知ってるんだ」

なぜ知っているのかは、おそらく大きな問題だ。

「絵を描いていることも知っていた？」

「それはどうかな。やばい絵があるとわかっていれば、もっと昔に奪い去っていたんじゃないか」

その気になればチャンスはあっただろう。ほんの数年前までアパートの押し入れにしまわれていた。

「絵のことは知らなかったのかもね」

「ああ。だけど今、写真のようにリアルな絵があると、ここにきてわかってしまった……」

絵の目撃者はたくさんいて写真にも撮られている。揉み消せない。

「開き直るのかな。嘘っぱちの絵だって」

「それが現実的だね。否定のしようがない。絵と写真のちがいだ」

沙也香と岡部のやりとりを聞いていた池山が割り込む。

「とりあえず今は様子見か？　永瀬さんのお母さんの返事を待ちながら」

「すみません。既読になりません。たぶん、仕事中です」

落ち着かずにいる中、帰りのバスがやってきた。六人は乗り込んで、最後部の座席に座った。

「クレカ、やっぱりおれ、今このタイミングってのが気になる。おれたちが最近になって会ったのは、お寺の人たちと土屋さんと大島さんの息子と和昌氏だよな。お寺の人や土屋さんは住まいも仕事もはっきりしている。でも大島さんの息子と和昌氏は不確かだ。ふたりは今、どこで何をしてるんだろ」

「聞いてみようか」

バスの中なので降りるまで電話はできないが、拓人に頼んで、父親である土屋記者に問い合わせてもらった。大島さんの息子の連絡先を教えてもらうつもりだったが、意外な返事がきた。今は小田原にいて、大島さんの息子と共に元刑事の自宅を訪ねたところだという。

「一緒にいるってことは、少なくとも南足柄市のバス停のベンチの後ろに隠れてはいないよね」

祥子の母からの反応はなかったので、絵の写真を土屋記者にも送付する。するとバスの中だと伝えているのに電話がかかってきた。

「なんだこの写真は」

拓人のスマホから声が聞こえる。

「絵だよ」

「ほんとか。写真みたいだな。おまえ今、どこにいる。誰と一緒だ」

早く切らなくてはならないが、その前に描かれているふたりが何者なのか、このさい拓人に聞いてもらう。土屋さんの返事は早かった。

「女の子は殺された子だ。となりにいるのはわからない。待て。調べる」

そう言い残し電話は切れた。土屋さんも興奮しているらしい。

「大島さんの息子さんがゴミ袋化してないとすると、残るは和昌氏」

こちらは電話番号を知っているのでバスを降りてからかけることにした。

4

白沢駅にバスが着いたのは十六時半。沙也香は駅舎の脇にあるベンチに座り、まわりに人がいないのを確かめてから和昌氏に電話した。

数コール目で「もしもし」とつながる。声の向こうはやけに賑やかだ。

「白沢高校の呉です。先日はお忙しい中、ありがとうございました。今、外にいらっしゃるんですか」

「今日はどうもツイてなくてね。引き揚げようとしてたところ」

スピーカーフォンにしてあったのでみんなも耳を傾けている。池山が「雀荘《ジャンそう》だ」と小声でささやく。言われてみれば、牌《パイ》をかき混ぜる音やポンだのチーだのと聞こえてくる。

和昌氏にも「もう帰るの？」と話しかける人がいて、「モリさんのひとり勝ちだよ」と返している。

雀荘で麻雀《マージャン》をしていたとしたら、その場所がどこであれ、三十分前にバス停のベンチの裏でしゃがんでいるとは考えにくい。

「少しお話がしたいんですけど、よろしいですか」

「ああ。何？」

探るような声を出される。背後の音は急にしなくなった。場所を変えたらしい。

「ぼくも気になっていたんだ。君たちのあれ、道路誘致の件ね。まだやってるの？」

「はい。学校のある町で起きたことですから」

和昌氏は「だからね」「あれは」「ぼくだって」と、ひとりだらだらと続ける。十二年前のことばかりだ。関心はそれだけらしい。

「君たちは調査書うんぬんと言ってたけど、ああいうのは現場までなかなか下りてこない。お役所仕事って言葉、知ってるだろ。ややこしいんだよ」

「はあ。そうなんでしょうね」

「ぼくなりに思うこともあって、君たちに会ってすぐ、白沢町で一緒に選挙を戦った候補者、糸崎さんのもとまで出向いたよ。ずいぶん偉くなって、国政にも打って出るらしい。すごいことだ」

「私たちが調査していることを、糸崎さんに話したんですか」

「まあね。一応、耳に入れておこうと思って。白沢町は何と言ってもあの人にとって出身地だ。高校は小田原の方の私立だったが、その高校生時代に農園でアルバイトもしてるんだよ。縁が深いということだ。君たちもおらが村の議員さんと思い、大事にしなきゃいけないよ。真面目な話、いつ何時お世話になるとも限らない。たとえば就職のときとか」

　農園という言葉が引っかかる。

「議員さん、今、おいくつでしたっけ」

「うーんと、十二年前の選挙戦のとき三十五歳だったな。若い若い」

ならば今、四十七歳。高校時代はざっと三十年前になる。

「なんていう農園でバイトをしてたんですか」

「君たちは知らないだろうけどね。金子農園ってとこ」

指先が強ばり、あやうくスマホを落としかけた。岡部の手のひらが自分のそれを支えてくれる。

「金子農園のご主人が糸崎家の奥さんと顔見知りだったらしいよ。あの頃、上の息子が大学でよくないグループに引っかかってね。詐欺の片棒を担がされたとかなんとか。尻拭《しりぬぐ》いが忙しくて下の息子を知り合いの金子農園に預けたんだよ。そう金子さんが言ってた」

沙也香の頭はほとんど真っ白だ。目の前に池山の拳が差し出された。見上げると、拳でポーズを取る。頑張れと言いたいらしい。となりに座っていた末玖の腕が伸びて沙也香の肩にまわる。ぴったりくっついて、一緒に動揺してくれるらしい。

「三十年前ならもうひとつ、大きな事件があった年じゃないですか。女の子が、ほら」

震えないよう気をつけて声を出す。

「おや、さすがだねえ。よく知ってる。それで大変な目に遭ったのが金子さんだよ。道路誘致でぼくと糸崎の次男坊がタッグを組んでいるのを見て、羨ましかったんだねえ。飲み屋でくだを巻かれたよ。糸崎家と懇意《こんい》にしてたのは自分だと。夏の間ずっと次男の面倒を見ていたのに、あの事件が起きたせいで何もかもパー。逆に、とんでもなく恨まれたらしい」

「どういうことですか」

「殺人事件のあった農園にいたってだけで不名誉なんだよ。相手は政治家一家だ。世間体を何より気にする。聞こえが悪い、ってのが一番まずいんだ」

　沙也香はぎごちなく相槌を打った。

「そういうものなんですか。なるほどです。だったら金子農園の人もいい迷惑っていうんでしたっけ。とばっちりを受けたんですね」

「それだよそれ。好きで殺人犯を雇ったわけじゃないからね。でも糸崎の奥さんにしてみれば、息子の将来に傷が付いたらどうしてくれると嚙みつきたくもなるだろう。警察の取り調べを受けたとあっては、後々まで何を言われるかわかったもんじゃない」

「でも殺人事件ならしょうがないのでは」

「そう思えないのがあの人たちだって。奥さんの剣幕に押されて、金子さんにしても精一杯の便宜《べんぎ》を図《はか》ったみたいだ」

「便宜？」

「ほら、アリバイってのがちゃんとあれば取り調べを受けずにすむでしょ。なんといっても身元のしっかりした高校生だし、未成年だし」

　沙也香は意味を取りかねて聞き返す。

「事件が起きた時刻、アルバイトの学生は、農園の主と作業小屋に一緒にいたんですよね。どう便宜を図るんですか」

　和昌氏の声がにわかに聞こえづらくなる。

「いや、その、だから、どうと言われても……」

「まさか、ほんとうは一緒にいなかったなんてことが」

「寮にはいたんだよ。だから事件に関わっちゃいない。そりゃそうだ。高校生なんだよ。どうせ、部屋でごろごろ漫画でも読んでたんだろ。昼寝かもしれない」

「それを証明する人はいたんですか、いないんですか」

うつろになる沙也香の目の前に、すっとスマホの画面が差し出された。拓人だ。

ＬＩＮＥの画面の文字を追って、あらぬ声を上げてしまいそうになる。

土屋記者は訪問していた元刑事の家に引き返したらしい。冨枝さんの絵を見せたところ、女の子の横にいるのは金子農園でアルバイトをしていた高校生、糸崎修だと教えられた。ただし、この少年には事件当日のアリバイがあると元刑事から言われた。

そのアリバイを支えた証言が今、根底からひっくり返されようとしている。

「和昌さん、三十年前の事件について金子農園の人と話をしたのは、十二年前ですよね。道路誘致運動の際と、さっきおっしゃいました」

「ああ、まあ。えっとね、君たち――」

「十二年前は、アルバイトの件について糸崎議員と話しましたか」

「しないよ。ぼくが聞いたのは飲み屋のヨタ話みたいなもんだ」

「でも最近、したんじゃないんですか」

言葉をかわす機会はあった。沙也香たち高校生が蒸し返している道路誘致活動の件を、当時は密な関係のあった議員の耳に入れに行った。そのとき、どういうやりとりがあったのか。

「和昌さん」

知りたくて促したが、返事はない。

にわかに慌ただしく「誰か来た」などと言って電話が切れてしまう。

沙也香は固まったように動けなかった。しばらくして下り電車が到着するという、駅のアナウンスが聞こえた。目の前のものが見えてくる。手の中のスマホ。足元の地面。街路灯。駅前の信号。ランチを食べた食堂。美容院の屋根。暮れていく空。八月の終わりの風。細くたなびく灰色の雲。

「これからのことは土屋さんに相談しよう」

岡部が言う。拓人が応じる。

「父さん、大島さんの息子や元刑事さんを車に乗せ、こっちに来るそうです」

「助かる。洗いざらい打ち明けて、預けるべきは預けよう」

岡部の言葉にうなずいてみんなを見ると、誰もが満身創痍《まんしんそうい》の風情だ。お化け屋敷をくぐり抜けてきたような顔をしている。特に祥子は足元をふらつかせたので、未玖が立ち上がりベンチに座らせた。沙也香もそうしたかったが体に力が入らない。

「おれたち、いっぱいいっぱいだよな。重たい情報が一度に入ってきたんだからしょうがないよ。無理せず大人に任せるとして、伝えるべき情報を整理しておこう。なるべく要点をかいつまんで話すから、みんなも適当に横入りしてくれ」

「OK。もうひと頑張りだな」

池山が「よし」と身構えて、岡部を促す。

「白沢町出身の議員、糸崎修は三十年前の夏、金子農園でバイトをしていた。そして女の子が殺されるという事件が起きた。こないだ永瀬さんから聞いたところでは、高校生のアルバイトは金子農園の主が一緒に作業をしていたと証言したそうだ。けれど、それは糸崎の母親が偽証を強要したものなんじゃないか。偽証がほんとうならば確固たるアリバイはなくなる。このとき旅館で働いていた冨枝さんは、高井橋近くの林で糸崎修と女の子の姿を見ている。それを警察に言おうとしたが旅館の主に止められた。この止められた裏には、糸崎修の父か祖父の言動が関係しているらしい。選挙間近だったので、事件に早くケリをつけたいという議員への忖度《そんたく》が考えられる。旅館の跡を継いだ明先寺のおばあさんのお姉さんはこの一件で政治家嫌いになっている」

「ということは、糸崎修のアリバイを無理強いしたのが母親で、目撃情報をひねり潰したのが父親か祖父。つまり、家ぐるみで隠蔽《いんぺい》しようとしたのか」

「そうかもしれないが」

岡部は慎重に言葉を選ぶ。

「家族は知らなかったのかもしれない。母親は、息子が寮の部屋にひとりでいたと思うからこそ、強気で嚙みついた。政治家である父親や祖父は、凶悪事件のイメージを早く拭い去りたくて、長引くような情報を退けた。その方が自然じゃないか？」

「自分の息子が事件に関わっているなんて、家族は思いもしないか。論外ってやつだな」

「ああ。少しも疑ってないから、長男の後釜に次男を据えたんだ」

バイト先で不運に見舞われたくらいにしか考えていなかったのかもしれない。トラブルメーカーの兄に比べたらマシと思っていたのかもしれない。

糸崎修にしてみれば、アリバイは母が作ってくれた。目撃情報は父、あるいは祖父が握り潰してくれた。それによって自分は無罪放免。なんのリスクも負わなかった。

「それから三十年。事件は水面下で眠り続けた」

「二度と目を覚ますことはないと安心しきってたんだろうな」

「けれどここにきて、蒸し返す人間が現れた。大島保さんの息子や永瀬さんのお母さんだ。気づいていなかったとしても、和昌氏が教えに来てくれた。国政に乗り出す準備を着々と進めているときに、ぎょっとする内容だよ。選挙戦の話だけじゃない。問題は三十年前の事件だ。自分のアリバイを保証してくれた金子農園の主は、口の軽い男だった」

沙也香もわり込む。

「それでにわかに心配になったわけ？　それでもうひとつの気がかり、お父さん、あるいはお祖父《じい》さんが握り潰してくれた目撃者情報が、今どうなっているのかを調べずにいられなくなった。岡部、タイミング的に合ってるよ」

　未玖も加わる。

「目撃者が暮らしているホームを聞き出し、様子を見に来たのかな。そこに私たちが現れたので、探りを入れたくてバス停のベンチ裏にしゃがみ込んだ」

　拓人も手を挙げて参加する。

「すごく詳しく描かれた絵があると、盗み聞きしてわかったんですよね。でもその絵はすでにスマホで撮られている。今さら止められない。岡部さん、バス停でそう言いましたよね」

「ああ。言ったな」

「だったら絵の流出を止める以外に、糸崎議員に今できることってなんですか」

　棒立ちでそれを口にする拓人に、五人の視線が吸い寄せられる。

　後ろ暗いことのある人にできること。したいこと。

　再びの無罪放免を願っているにちがいない。言い逃れでもごまかしでもかまわない。三十年も経っている。ごまかしなんかいくらでも通る。冨枝さんの証言を裏付けるのは自作の絵だ。捏造《ねつぞう》だと決め付ければいい。警察も自分を無実と判断した。今さら覆ることなんか望まない。味方になってくれる。

無実の根拠となったアリバイさえ、揺るがなければ。

「口止めをするのかな。金子農園の主に」

沙也香が言い、

「何がなんでも黙らせたいだろうな」

「脅しでも賄賂でもいい」

岡部と池山が続き、

「交渉するために、ベンチの裏からすっ飛んでいったんじゃないの？」

未玖の指摘に一同、浮き足立つ。

絵はすでに過去を知る人に送られている。盗み聞きした人物はそれも知っている。一刻の猶予《ゆうよ》もなかったはずだ。描かれた少年の身元はすぐに割れる。

「金子農園の主って人に会ってみたいね」

「バイト少年のアリバイについて聞きたい」

「今、いるかな。電話してみようか」

「いいけど、電話番号知ってる？」

「知らない。検索ってふつうの家ではできなかったっけ」

沙也香のとなりから「あの」と控え目な声がした。

「私、金子農園の主さんの、お孫さんとなら電話とかメールができますよ。聞いてみましょうか」

「祥子ちゃん、知り合いなの？」

「土屋くんの弟の正樹くんの同級生で、大島さんの息子さんと、土屋くんのお父さんを結びつけたのがその子です。正しくは、その子ともうひとりの女の子。小学生だけどしっかりしてるんです」

祥子は手早くスマホを操作してメールを送った。まどろっこしいですねと言って、電話もかけてみる。つながらなかったようで、祥子は困った顔になったが、そのとき着信があった。

「もしもし、チカちゃん？」

スピーカー機能に切り替えてくれる。

「ううん。ちがうの」

「だったら、もしかしてコトちゃん？　今、チカちゃんと一緒にいるの？」

「そう。チカちゃんのおじいちゃんの車の、後ろのシートにふたりで隠れている」

まわりをはばかるようなひそひそ声だ。

「どうしてそんなところに」

「変な男の人がチカちゃんのおじいさんを誘っているから心配になって、おじいちゃんの車にこっそり乗ったんだ」

それを聞いて六人は目を見張る。

「ダメだよ。そんな危ないこと。ふたりはどこにいるの？　男の人も車に乗ってるの？」

「男の人はもう一台の別の車。今の場所はわからない。駐車場みたいなところかな。チカちゃんちからそんなに遠くないと思うけど。シートの間に隠れていたから」

「道の途中に目印はなかった？　なんでもいいよ」

そばで「焼き肉」という声がする。

「そうか。お肉の看板が見えた。馬の絵もあった。そのあとしばらく行って、曲がってから上り坂をぐねぐね。途中でハイキング入り口っていう看板があったよ。右側の窓。今は山の中で……」

声が途切れる。固唾《かたず》を呑んでいると先ほどよりさらに押し殺した声が聞こえてきた。

「男の人だけ戻ってきた。自分の車に乗って、帰るのかな。チカちゃんのおじいちゃんはいない。戻ってこない。Uターンした。あっ」

「もしもし、何かあったの？　コトちゃん、どうしたの」

それきり返事はなく電話は切れた。

「肉を焼いてる絵だけだと焼き肉屋かもしれないけど、馬の絵もあったならそれ、ポニー牧場だ。肉はバーベキューな。平沼町のレジャーランドだよ」

先頭に立ってタクシーに乗り込んだのは池山だった。

駅前に停車していた一台をつかまえ、後部座席に池山、岡部、祥子。助手席に沙也香が座った。生徒ばかりでタクシーなど初めてだ。金ならみんなから集めればいい、じっとしていられるか、という池山に異議を唱える者はいなかった。

土屋さんたちも来るはずなので、拓人と未玖に残ってもらう。

「方向がレジャーランドだとしてその先は？」

「しばらく行ってから曲がって、坂道をぐねぐねだろ。となると……考えられるルートは三本か、四本」

平沼町のレジャーランドに通じている道を走ったとして、南側にも北側にも山々が連なっている。脇道に入ったとたん上り坂になり、ぐねぐね曲がるのはどの道も同じようなものだ。

「右側にハイキング道への入り口が見えたんだろう。それがヒントにならないか？」

「この地図にはハイキング道まで入ってないよ」

池山が見ているのは市販のマップだ。

「検索すれば出てくる。クレカ……は充電がないのか。永瀬さんも使わない方がいいね。だったらおれ、南足柄市と山北町《やまきたまち》のハイキングコースを見てみる。イケは御殿場市を調べて」

「ちょっと待って検索苦手」

そうこうしているうちに、運転手さんに言われてしまう。

「どうします？　もうすぐ平沼レジャーランドですよ」

決めかねて、交通の妨《さまた》げにならない路肩で駐めてもらう。

「私たち、小学生の女の子たちを捜しているんです。手がかりが乏しくて。このあたりで、山道を登っていく途中の右側に、ハイキングコース入り口みたいな看板のある場所って、わかりませんか？」
五、六十代とおぼしき運転手の男性は、警戒心たっぷりに顔をしかめた。
「君たちが捜しているの？　子どもならおうちの人は？」

「連絡します。でもその前に駆けつけてあげたくて。トラブルに巻き込まれたかもしれないんです」

運転手さんは気乗りしない雰囲気だが、カーナビをいじり始める。

「ハイキングコースはいくつかあるよ。ここいらでとなると、まあ三つかなあ。見越山《みこしやま》と、松倉山《まつくらやま》と、玄野《げんの》高原のまわりを歩くそれぞれのコース」

「のぼっていく道路の右側に、ここが入り口っていう看板のあるコースは？」

「そういうのはどうかな。入り口は何カ所もあるだろうし。ぐるっと回り込めば右が左になる場合もある」

「たしかにそうですね」

　みんながしょげると、運転手さんは手前から行ってみようかと言ってくれた。見越山に向かうことにして未玖にも伝えた。見越山と松倉山は県道の北側。玄野高原だけは南側にあるので、追いかけてくる土屋さんの車には玄野高原に行ってもらうよう交渉してもらう。

　タクシーはしばらく走ってからウィンカーを出して右折する。曲がって間もなく上り坂に入る。たしかな運転技術ですいすい進むがカーブはきつい。十分足らずで運転手さんが看板を見つけてくれた。通り過ぎて道幅の広くなったところで停車する。

「この先はどうなっているんですか」

　運転手さんはカーナビをたどり、何もなさそうだねと言う。

「道がついているんだから山を管理する人間が入ったりするんだろうが、どこかで行き止まりなんじゃないかな」

　沙也香は身をよじって後部座席を振り返った。

「金子農園の主は誘われて出かけたんだよね。話があるとか、見せたいものがあるとか、会わせたい人がいるとか」

「うん。人里から離れすぎた場所では警戒されかねないし、誘った人間にしてみても、まったく知らない場所は選ばないだろう」と岡部。

池山が身を乗り出して割り込む。

「電話口の小学生たち、たどり着いた場所を駐車場みたいと言ってた。中でUターンできるほど広いらしい。運転手さん、この道の先には駐車場みたいな、そこそこ広い場所ってありますか」

「さあ。行ったことがないからわからないな。ただ、そこそこの広さなら、松倉の方があるかもしれない。見晴らしのいいところがあって、丸太を組み合わせたような展望台もできている。大したもんじゃないよ。以前、お客さんに頼まれて連れて行ったことがあるんだけど、自動販売機もないと苦笑いしてた。展望台に通じる小道の前にちょっとした駐車スペースがあるんだ。その先にも店じまいしたレストランがあって、Uターンくらいはできると思う」

「松倉山に行ってください」

みんなの声がそろった。

そこから引き返すために、しばらく進まなくてはいけなかった。道はどんどん細くなり、雑木林に頭を突っ込む形でなんとかUターンできた。

時間は十七時五十分。女の子たちと電話でやりとりして、四十分が経とうとしていた。もっと早くに駆けつけるつもりが、思うように動けず気ばかり焦る。無事だろうか。玄野高原に向かった未玖たちも苦戦しているらしい。

山はすでに薄暗くなっていた。木々も草むらも夜の気配をまとい、不気味な静けさの中にいる。タクシーはずいぶん前からヘッドライトを点けていた。曲がりくねった山道を抜けて県道に戻り、民家や信号機を見てほっとしたのもつかの間、車は再び右折し、先ほどとほとんど変わらない坂道へと入る。

途中で祥子のスマホに電話が入った。さっきの子たちかと思ったが、LINEを見た母親からだった。あの画像は何かと聞かれるが、詳しく話しているひまはない。描かれているのが殺された女の子と、金子農園でアルバイトをしていた学生でまちがいないことは教えてくれた。申し訳ないが早めに切らせてもらう。

運転手さんがハイキングコース入り口を見つける。右側であることも先ほどと同じ。ただし、今走っている松倉山の方が道幅が広く、カーブもゆったりしている。すれちがう車がないことは見越山と変わらない。小さな橋を渡ってからはすっぽり山の中だ。進行方向に向かって左が山肌、右が切り立った崖になる。

沙也香は助手席に座っているので、左側の山崩れ防止ネットがすぐそば。地面は暗いので石が転がっていたら気づくだろうかと不安になる。そのとき、目の前のカーブから、車が飛び出してきた。

5

一瞬のことだった。沙也香の体は前に突き出され、シートベルトが食い込み、ガツンと強い衝撃に遭う。左に右に、体が揺さぶられる。

第二のガツンは一度目より弱く、タクシーは車体を岩肌にこすりながらも止まった。スピードを出していなかったことと、運転手さんのハンドルさばきが功を奏したらしい。急ブレーキが間に合った。車内にはさまざまな悲鳴や雄叫《おたけ》びが充満した。運転手さんも大きく肩で息をついたが、いち早く立ち直り、みんなの安否を確認した。

幸い怪我を負った者はなく、死ぬかと思った、クレカ平気？　そっちは？　心臓バクバク、と声が飛び交う。

「無事でよかった。すぐ警察を呼ぶ。君たち、危ないからここにいてくれ」

エンジンを切った運転手さんがドアを開けて外に出ていく。後ろに向かうのを見て、前から突っ込んできた車がいたことを思い出した。

沙也香は震える手でシートベルトを外し、振り返る。

「イケ、窓を開けて。前から来た車はどうなった？」

後部座席の窓が全開になる。池山が頭を突き出す。

「あぶねえ。ぎりぎりだ。でも落ちずにすんだらしい」

言っているそばからエンジン音が聞こえた。空回りするタイヤの音に、運転手さんの「うわっ」という声が重なる。池山はドアを開けて出て行った。さらに叫び声やタイヤ音が交錯する。岡部も外に出た。助手席からは出られそうもないので運転席に移り、沙也香も車外に転がり出た。祥子も出てくる。

落下を逃れたはずの、もう一台の車はすでにいなくなっていた。遠ざかるエンジン音だけが夕闇に尾を引く。

池山と運転手さんは支え合うようにして、タクシーのトランクにもたれかかっていた。

「どうかしたの。何かあった？」

「逃げた車、運転手さんを轢《ひ》こうとした。ですよね」

「ああ。びっくりした。いきなりバックしてきたもんだから」

「もう一回、やろうとしたでしょう？　あれ、そうでしたよね」

「君が出てきてくれたから、あきらめたんじゃないか。こんなところでぶつかってこようなんて。しかもバックだ。正気の沙汰じゃない」

運転手さんはおぼつかない足取りながらも車に戻り、無線を使って事故を報告する。警察への通報も依頼する。

「あの車、もしかして糸崎議員？」

沙也香の言葉に岡部も池山もうなずいた。

「それ以外に浮かばない」

「だったら、ここが当たりだな。あいつ上で何やってたんだよ。すげえスピードで大あわてで下りてきた」

やめてよと、沙也香は自分のTシャツの襟元をぎゅっと摑む。何も考えたくない。血の気が引く。

「上に行こう」

岡部が毅然《きぜん》と言った。

「運転手さん、展望台はここからどれくらいですか」

「もう少し先だね。おいおい、どうするんだ。待ちなさい」

「待ってられないです」

「こんなところをふらふら歩いたら危ない。すぐに日没で真っ暗だ。じっとしてなさい」

「クレカと永瀬さんは待ってろよ。男ふたりで行ってくる。なあ岡部」

池山が言い出し、それに対して沙也香が首を横に振っていると、運転手さんが前に回って手を広げた。

「乗りなさい。おじさんも破れかぶれだ。連れていってあげるから乗りなさい」

タクシーは四人の乗客を再び乗せて、慎重にそろそろと走り出した。ゆっくり加速し、カーブをひとつ曲がりふたつ曲がり坂道を力強く上り、やがてウィンカーを出した。道路脇の空き地のような場所で停車する。展望台の駐車場に着いたらしい。

四人は礼を言って外に出た。空に広がった雲のせいで日暮れは早く、道路脇の草むらも雑木林も黒々している。虫の鳴き声だけが聞こえる。民家の類は一軒もない。あたりを見まわすと空き地の片隅に乗用車が止まっていた。

歩み寄ると中は無人だ。窓越しにのぞいていると後部座席が突然光った。池山がドアノブに手をかける。ロックされていない。開けて中を見ると後部座席の足元に何かが落ちていた。

「祥子ちゃん、女の子に電話してみて」

沙也香に言われ、祥子が素早く自分のスマホを操作する。間を置いて先ほどと同じ光が放たれた。

「チカちゃんのキッズケータイです」

ここに隠れてひそひそ声で、祥子からの電話に応えてくれたのだ。現在位置を聞かれ、看板や道の様子を教えてくれた。そしてケータイを落としてしまうほどの驚きに見舞われ、拾うひまもなく車の外に出た。そこから先は？

タクシーに戻り懐中電灯を借り受けると、男子ふたりが展望台へと急いだ。女子たちは待っているようにと言われたが、もう一本の懐中電灯で乗用車の近くを調べ始める。

「チカちゃーん、コトちゃーん」

祥子とふたり、代わりばんこに名前も呼んでみた。恐る恐る茂みに足を踏み入れる。懐中電灯で照らしながらもう少しもう少し。地面がゆるやかに傾斜している。それだけで足を取られ転びそうになる。

「チカちゃーん、コトちゃーん。いたら返事して。みんないるよ」

沙也香も祥子もほとんど涙声だ。呼びかけるたびに、返事のない暗闇が濃度を増していく。今にも飲み込まれそうだ。

「クレカさん、何か聞こえませんでしたか」

しがみついている祥子がさらにくっつく。年下とはいえ背が高く、体重をかけられると重いのだけど、足を踏ん張って耐える。彼女の視線の先をたどると木の根のそばに何か見えた。白っぽい塊だ。沙也香は懐中電灯を向けて悲鳴を上げた。祥子は呼ぶ。

「チカちゃん！」

女の子の片割れか。祥子とふたり、泥沼を掻き分けるようにして進んだ。白っぽいのはチカの着ている服らしい。懐中電灯の明かりがまぶしいようで、身じろぎして顔の前に自分の腕をかざす。生きている。

飛びつくようにして沙也香は女の子の元に行き、夢中で抱き寄せた。祥子も体当たりしてくる。

「無事でよかった。ほんとうにほんとうによかった」

温かな体に胸がいっぱいになる。よく頑張ったねと泣ける。女の子は小さな小さな声で言う。

「コトちゃんが隠れてって言ったの。木の方に押しやって、私は逃げるから大丈夫って。探して。早く、コトちゃんを探して」

必死の訴えにうなずこうとしたが、上から「おーい」と呼ばれた。運転手さんだ。パトカーのサイレンも聞こえ、それがだんだん近付いてくる。足場が悪いのでチカを立ち上がらせ、安全な場所へと移動する。運転手さんも下りてきて手伝ってくれた。

駐車場に戻ると大変なことになっていた。パトカーが次々到着し、救急車もやってくる。岡部と池山の姿もあった。ふたりともチカが無事であるのを見て口をポカンと開ける。放心状態のまま、肩で何度も息をつく。

当のチカは女性の警察官が優しく毛布でくるみ話しかけていた。名前や年齢を聞いているらしい。今の状況については運転手さんが捜査員たちに説明している。

「そっちはどう？」

このすきにと沙也香はふたりに話しかけた。

「二メートルくらいの崖下に、人の足みたいなものが見えた。ズボンの足だから金子さんかもしれない。下りるには危ない場所だから援軍を要請した」

「パトカーたくさんと救急車な」

「女の子はもうひとりいるんだろ。そっちも探してもらおう」

沙也香や祥子の元にも捜査員がやってきて、もうひとりについて詳しく聞かれた。無人の乗用車にキッズケータイをみつけたこと、茂みに続くドアから出て、藪の中に逃げたらしいことを話す。チカのみつかった場所へ案内しようとしたが、危険なので待機するよう押しとどめられた。土屋さんたちの車も山道の途中で止められたそうだ。今は捜索関係の車両しか行き来できないという。

誰が持ってきたのか照明灯も用意され、煌々《こうこう》と明かりが点された。一基は展望台方面に、一基はチカの見つかった方面へ。捜査員も二分される。

沙也香たちは固唾をのんで見守った。どちらも無事であるようにと、祈ることしかできない。

先に現場が動いたのは展望台の方だった。レスキュー隊が慌ただしく向かう。

安否について気を揉んでいると、もうひとつの現場もざわめいた。

「女児発見！」

沙也香は自分の手のひらを胸にあてがった。体の奥底から冷たい塊がせり上がる。うまく息ができない。苦しくて目の奥が痛い。

「見つかった。行方不明の女児発見」

脳裏に高井橋がよぎる。沢戸川の流れ。小さな公園。雑木林。お地蔵さん。空き地。古いアパートのような建物。作業小屋。そして朝日橋のたもと。

三十年前も今と同じ声があがったはずだ。行方不明の女児発見。

小さな命は踏みにじられていた。祈っても祈っても取り戻せない。願いは叶わない。生きて会うことは二度とできない。

最悪の悲報は、やがて最悪の冤罪へとつながる。

「おーい」

野太い声が照明灯のもとへとかけられた。

「状況は？」

「傷は負っているが軽傷だ。塩沢《しおざわ》琴美ちゃん十歳、無事確保」

どよめきがあがる。捜査員たちの顔に笑みが広がる。「よしっ」と声が聞こえる。

すぐには信じられなかった。無事であってほしいという思いが強すぎて、幻覚を見ているような気がする。他のメンバーも棒立ちだ。空気の抜けた風船のようにぼんやりしている。顔をくしゃくしゃにした運転手さんが駆け寄ってきた。

「よかったな。探していた子たち、どっちも生きて見つかった」

それを聞いて、沙也香は手放しで泣いた。あとからあとから涙があふれ出て止まらない。

祥子も泣き、運転手さんも泣き、パトカー内で待機していたチカも下りてきて泣いた。岡部も池山もそうだったにちがいない。

その日の夜、糸崎修は横浜市内にある料亭で身柄を確保された。

平沼町松倉山を走る山道にて、接触事故を起こしたのち逃走という、道路交通法違反の容疑による。タクシーに設置されていたカメラの画像から車が特定され、迅速な身柄確保に至ったが、本人は容疑を否認している。

車は盗難に遭い、自分は運転していないと言う。事故当時は秘書と打ち合わせをしており、それについては秘書も証言している。けれど秦野市内で発見された事故車からは糸崎修の指紋しか検出されず、近くにあるコンビニの防犯カメラには彼に似た人物が撮影されていた。さらなる捜査が続行中だ。

一方、崖下で発見された金子農園の主は、全身打撲と頭蓋骨骨折により一時は危篤《きとく》状態になるも、発見が早かったため一命を取り留めた。しばらく予断を許さぬ状況が続くが、意識が戻れば事情聴取にも応じられるとのことだ。

そして沙也香は事件から三日後、最後に発見された女の子に会えることになった。

お互い疲れが出てダウンしたり、警察からの事情聴取があったりと慌ただしくしていたが、琴美の両親からぜひともお礼にうかがいたいと言われ、それよりも当人に会って直に話がしたいとお願いした。琴美自身の快諾があり、自宅を訪れたのは沙也香と祥子のふたりだけ。「あの場にいたお姉さんたちならば」と言われ、これには岡部も池山も逆らえず、未玖だけが残念そうだった。

拓人の家では、大スクープだと興奮する父と、なぜか手柄顔の弟が毎日張り切っているという。平沼町の明先寺や冨枝さんのホームにも警察が訪れていると知り心配したが、皆から協力は惜しまないと気丈な言葉を聞けた。

沙也香の祖母も小田原から駆けつけた。お店でうたた寝して、つい話を聞いてしまった相談者について、三十年前に亡くなった女の子の義理の姉だと話してくれた。子連れ同士の再婚で、初めてできた妹を可愛がっていたのに、あの夏の終わり、突然の悲劇に見舞われた。

ひとりきりの実子を亡くした継母《ままはは》は一周忌のあと、行方がわからなくなった。逮捕された大島保氏とは子どもを通じての顔見知りで、「あの人が犯人とは思えない」という言葉が曲解され、陰口を叩く人もいたという。相談者は心を痛め、行方を捜している。このたびのことで真相があきらかになれば、再会できるのではと話しているそうだ。

6

「どこから話せばいいのかな。おじいちゃんの農作業の手伝いをしに、佐野くんっていうお兄さんがうちに来ていたことは知ってる？」

琴美の自宅の二階、ファンシーな雑貨やぬいぐるみ、勉強机やベッドに囲まれて、沙也香と祥子と琴美はピンク色のラグマットの上に座った。

部屋にいるのは三人だけ。開け放たれた窓から、秋の気配を感じさせる涼しい風が入り、レースのカーテンを揺らしている。


琴美の言う「佐野くん」は大島保さんの息子だった。「佐野」というのは母の苗字で、亡くなった自分の父について調べ始めたとき、弁護士に紹介してもらったのが、埼玉県に住む男性だった。三十年前に殺された女の子の幼友達であり、当時は祥子の母も入れて、三人でよく遊んでいたそうだ。

昔のことを教えてもらいたくて佐野が会いに行ったところ、君のお父さんが犯人とは思えないと言われた。もしも本気で調べるつもりならば、金子農園の近くに住んでいる人を紹介しようとも言ってくれた。

それが琴美の父だ。同じく同級生だったらしい。家が少し離れていたせいで遊ぶ友だちが異なり、大島さんのことも知らなかった。事件については新聞で読んだり大人たちの噂話を聞いたくらいだったが、久しぶりに小学校時代の同級生から連絡があり、その人が会って話そうとわざわざ埼玉から小田原までやってきた。自分も腹をくくらずにはいられなかった。

再会の場で紹介されたのが佐野であり、頼まれごとの中には、農作業の手伝いをするので、家に住まわせてほしいというのもあった。琴美の父は迷いつつも、亡くなった子のことや、お葬式のこと、泣いていた家族や仲の良かった友だちのことを思い出して引き受けた。家族には心配させたくなくて「知人の息子」という話にした。

そうやって佐野は琴美の家に、農作業をするアルバイトとして、たびたび現れるようになった。三十歳を過ぎているとはいえ、見た目が若くて爽やかで話しやすい。小学生たちにとっても「おじさん」ではなく「お兄さん」だった。琴美とチカ、もうひとり光弘という男の子も加えて、すっかり仲良くなったと言う。「佐野くんは名探偵なの」と目を輝かせるところなど、くすぐったくも微笑ましい。

けれどもあるとき、佐野が見知らぬ男と話しているのを琴美は聞いてしまう。その男は誰もいない畑のすみで、「おまえの正体、わかっているんだぞ」と佐野に凄《すご》んだ。どうせ誰も知らないんだろう、知ったらみんな驚く、というようなことも。

いかにも高圧的な物言いに、佐野が怒ってくれたり、驚かれるような正体はないときっぱり言ってくれたなら、琴美も安心できただろう。けれど佐野は「待ってください」と、相手を宥めるような声を出した。

そこからは佐野を少しずつ疑うようになったそうだ。父に相談できればよかったが、疑っていることを隠したい気持ちもあって、誰にも言えなかったと琴美は唇を嚙んだ。

その数日後の夕刻、佐野がひとりで歩いているのを見かけた。場所はチカの家の畑のそば。空き地から延びる道を佐野はどんどん歩いて行く。どこに行くんだろうと気になって、琴美はこっそりあとを追いかけた。

雑木林の向こうには、古ぼけた四角い建物が建っていた。かつての金子農園の寮だ。佐野がそこに入って行くので、琴美もちょっとだけのつもりで中に忍び込んだ。佐野は玄関脇の階段から二階に上がり、琴美はまっすぐ延びる一階の廊下を歩いた。

けれど思ったよりも早く佐野は下りてきてしまい、玄関に戻れなくなる。琴美のいた洗面所には隠れる場所がない。手足がわななくほど焦っていると、洗面所の突き当たりに外に通じる扉があった。そこから出ようとしてドアノブを回す。けれど動かない。

ガチャガチャした音を聞きつけ、佐野が現れた。琴美は難なく見つかってしまう。

「よく知っているはずの、仲よしで大好きだった佐野くんが、まったくちがう人に思えて恐かった。助けを呼びたくてもまわりに誰もいない。逃げる場所もない。お母さんって心の中で叫びながら、このまま殺されると思った。もうダメだと思ったの」

にっこり微笑んでいる佐野が、機械仕掛けのロボットにも見えたと琴美は言った。どんなに暴れてもびくともしなくて、泣いてもわめいても聞いてくれなくて、私の首をぎゅっと摑んで指に力を入れる。そうされるような気がしたと震えながら話した。

心底、恐ろしかったのだ。

幸いにして、佐野は悪人ではなかった。驚かせてごめんと腰をかがめて言ったそうだ。一緒に寮を出て、雑木林を抜けるとそこにはチカがいた。無事であることがやっと実感できて、駆け寄るなり琴美は大泣きしたという。

その後、佐野は琴美とチカに自分のことを打ち明け、小学生ふたりは初めて三十年前に起きた事件を知った。

夏の終わりの頃の夕方、同じ年の女の子が何者かに首を絞められて殺された。話を聞いて、琴美は「ああ私だ」と思った。追い詰められ、もうダメだと思った気持ち。恐怖や絶望をとてもよく知っている。まるで、もうひとりの自分の話を聞くようだ。

だから、調べるのに行き詰まっている困り顔の佐野に、しっかりしなさいと活を入れた。

「自分がもしあのまま殺されて、犯人がわからなくて、ぜんぜんちがう人がまちがえて逮捕され、ほんとうの犯人はちっとも傷つかず、いい人だと世間から思われて暮らしてるとしたら、こんな口惜しいことはない。考えただけで腹が立つ。ぜったいに許せない」

弱音なんて吐かずにもっと頑張ってと、拳を握りしめて励ましてはみたものの、何をどう頑張ればいいのか。難しいのは琴美にもわかる。

そこでもうひとりのご近所友だち、光弘にも相談した。すると彼は事件について詳しいのは新聞記者だよと、したり顔で言った。それだけなら、偉そうな物言いにカチンとくるだけだったが、光弘は同じクラスの土屋くんのお父さんが、新聞社に勤めていることを教えてくれた。

琴美たちはさっそく会いに行き、お父さんが三十年前の事件をどう思っているのか、探ってくれるよう土屋くんに頼んだ。今でも気になっているという言葉を得て、すかさず佐野を紹介した。

それから先のことはよくわからない。少しは進展があったようだが大人たちは教えてくれない。佐野は相変わらず母屋で寝泊まりして、祖父と食事を共にしている。

八月の間はいるのかなと思っていたら、三日前のあの日、金子農園の作業小屋の近くに、不審な男がいるのに気づいた。佐野に話しかけていた男ともちがう。初めて見る人だ。一緒に押し花作りをしていたチカにも教え、なんとなく草の間に隠れた。

様子を見守っていると、男は雑草だらけの小道に立って雑木林を見つめていた。不意に顔つきを変え、頬に皺を寄せる。声は出していないが体を揺らして笑っている。

琴美はゾッとした。雑木林の向こうには寮がある。ただの寮ではない。女の子を殺した犯人が住んでいたとされる建物だ。それを見ながら笑うなんて。

寒気を感じていると、男は作業小屋から畑に向かって歩いていった。ひと仕事を終えチカの祖父が引き揚げてくる。男は薄ら寒い笑いを拭い去り、親しげに微笑みかける。おじいちゃんは誰なのかわかったらしい。驚きつつも嬉しそうだ。「立派になったね」だの、「今日はどうしたの」だの、話し声がする。男は母屋の方をちらちら見ながら、おじいちゃんの耳元で何か言った。「ちょっとだけなら」と、おじいちゃんは腕時計を見ながら答えた。

嫌な予感がした。どうやら車を出すらしい。男は「乗っていきますか」と尋ね、おじいちゃんは野良着だからと遠慮する。そしてキーを取りに行ったのだろう。母屋に走る。琴美とチカはそのすきに、おじいちゃんがいつも使っている車のもとに急いだ。男は自分の車にさっさと乗り込む。

あの人は誰なのか。何を言われたのか。これからどこに行くのか。聞いたところで教えてはくれないだろう。でも気になってたまらない。そこで、おじいちゃんが離れたところからドアロックを開けたとき、こっそり後ろの席に潜り込んだ。チカも入ってくる。

ふたりを乗せた車は白沢町から平沼町を抜け、松倉山の展望台へと向かった。不意に車が止まり、おじいちゃんが表に出ていったあと、どうしようかと思っていたら祥子から電話があった。話している最中にあの男が戻ってきて、あわてて隠れたけれど、見つかってしまう。

琴美とチカは車から出て夢中で逃げた。ふたりでいるより分かれた方が隠れやすい。とっさにそう考え、近くの茂みにいるようチカに言った。自分はなるべく遠くまで行こうとしたが、まわりは真っ暗で、いくら目を凝らしても視界が利かない。顔に枝が当たったり、足を滑らせて石を落としてしまったり、枯れ葉をがさごそ鳴らしてしまったり。とても隠れるどころじゃない。

それに引き替え男は飛びかかるような速さで近付いてくる。このままでは崖下に落ちるか、男に捕まるかのどちらかだ。泣きながら手足を動かしていると、巨木の根元に空洞があった。するりと潜り込める。

その直後、男は追いついてきた。あたりはしんと静まり返り、つい今し方まで琴美が立てていた物音はまったくしない。男は笑いながら言った。

「隠れるところがあったんだね。よかったね。ほっとしただろう。でも残念でした。順番に調べていけばすぐ見つかる。隠れても無駄だ」

琴美は寮の洗面所を思い出したと言う。まわりに誰もいなくて逃げ場所がない。見つかったらおしまい。助からない。あのときと同じ。

恐くて恐くて、両手で顔を覆って目を閉じた。

すると、低くて鈍い震動音がどこからともなく聞こえた。男の動きが止まる。琴美が指の間からうかがうと、男の顔が暗闇にぼーっと浮かんで見えた。ぎょっとするほど近くにいる。少しでも音を立てたら聞こえてしまう。そうでなくても大木の根元など、真っ先に調べられる。たちまち見つかってしまう。

誰か助けてと祈りながら膝を抱えていると、男は「ちっ」と舌打ちした。そして地面の枯れ葉を蹴り上げ、「よけいなことをしゃべったら、ただじゃおかないからな」と凄み、それきりどこかに行ってしまった。

何がなんだかわからず、無音の中で息を殺していると騒がしい声が遠くから聞こえてきた。「琴美ちゃん」「警察です」と言いながら近付いてくる。ほんとうだろうか。穴から首を突き出してみると、木々の葉に白いライトが当たっている。やっとのことで這《は》い出してみたものの、立ち上がる気力は残されていない。地面に倒れていたら、警官みたいな男の人たちが現れ助け起こしてくれた。

「祥子ちゃんたちとチカちゃんに会えたときはほんとうに嬉しかった。あの場所をつきとめてくれてありがとう。亡くなった女の子も助かればよかったよね。誰かが間に合えばよかった。そうすれば今ごろどこかで元気に暮らしていたのに」

琴美の話は沙也香と祥子の涙を誘いながら終わった。

三日前の夜、すんでのところで男を現場から遠ざけたのは沙也香たちではない。

糸崎修はあの夜、横浜市内において会食の予定が入っていた。自分のアリバイ工作のためにも遅れるわけにはいかなかった。秘書から電話があって、時間がないことに気づいたのだろう。子どもたちにかまっているひまはないと判断して引き揚げた。

琴美たちや金子農園の主を助けたのはちょっとしたタイミングであり、いくつかの巡り合わせに他ならない。

けれど、偽のアリバイと手がかりのもみ消しに助けられ、何事もなかったかのように社会的地位を築いていた糸崎を揺さぶったのは、三十年前のひとつの死を、そこから派生したもうひとつの死を、忘れていない人々の強い気持ちだ。

それが新たなる証言や証拠をもたらした。事件を再び動かした。この夏の終わりは、きっと長い始まりになるのだろう。

十月第一週の金曜日、沙也香たちは部活を早めに切り上げて、秋祭りの行われている白沢神社に向かった。

今年の学園祭での新聞部の発表は、町を揺るがす大事件に揉みくちゃにされ、テーマを決めるどころではなくなった。主体となる二年生の部員は何度も警察から事情を聞かれ、顧問の菅井先生はもちろん校長先生からも、活動内容をくり返し尋ねられた。

今年の発表は無理だと菅井先生は早々に宣言した。じっさい夏休みが明けてもテーマすら決まっていない状態だったが、沙也香たち四人は首を縦に振れなかった。ネタはある。身に余るほどの大きいのがごろごろと。沙也香たちが事件に関わっているという噂はすでに流れているので、ほんとうならば詳しく知りたいと、新聞部の一年生だけでなく同級生や先輩たちからも言われた。ひとりふたりにその都度《つど》、話していたのではきりがない。

そこで先生を説得し、発表取り止《や》めは、下げてもらう。時間がないので、調査済みの内容を問題提起という形で表すことにした。と言っても今回の事件は警察が捜査に乗り出している。うかつには触れられない。

四人で話し合いを続け、やっと出した答えが原点回帰だった。一番最初に注目した廃ホテルに戻り、それが生まれた理由と放置された理由を書くことにした。当然のように道路誘致問題が絡んでくる。選挙運動も関係してくる。渦中の人である糸崎議員も登場するのでわかる人には十分濃い内容になるだろう。

学校側は難色を示したが、菅井先生の尽力で出来上がったものを見て判断してもらうことになる。新聞部の一年生たちはイラストのうまい子を中心に張り切っている。先輩やOBは学校の横槍《よこやり》を断固阻止《そし》すると言っているが、どうなるのかはわからない。

九月いっぱいで内容を整理し、沙也香たちはまとめ方の筋道を作った。十月に入り、いよいよ模造紙《もぞうし》への清書が始まる。

　そんな中、白沢町の神社でお祭りがあると聞きつけて、新聞部も久しぶりの早帰りになった。沙也香のスマホに祥子から連絡があったので、途中の交差点で合流する。拓人も一緒だった。仲よさそうにしゃべっていたので、からかいたくてむずむずしたが、自分以上に変なことを口走りそうな未玖がいたのでそっちの上着を引っぱって押しとどめた。

「学園祭の準備、進んでますか？」

　となりに並んだ祥子が話しかけてくる。

「また今日、書き直しになっちゃったの。でも当日までには間に合わせる」

「すごく楽しみで興味津々です。私も白沢高に行きたいなあ。あ、受験のことですよ」

「来て来て。近いから朝寝坊ができるよ」

　弾《はず》む足取りで軽く言ってしまうが、祥子はどうやらとても成績がいいらしい。白沢高ではもったいないだろう。

　その祥子から、沙也香は興味深い話を聞いていた。琴美から打ち明けられた内容を母親に話したところ、こう言われたそうだ。

　あの年の夏、私たちが仲よくしていたのは大島さんだった。空き地で紙飛行機を飛ばしたり、河原で石投げをして遊んだものよ。バイトで来ていた高校生の男の子とはほとんどしゃべったこともない。よくわからない人だった。だから、琴美ちゃんにとっての佐野くんのように、仲よしで大好きだったお兄さんではなかったの。私たちがそう思っていたのは、佐野くんのお父さんだったのね。

もうひとつ、祥子の母は教えてくれた。願いごとがあったら、ツユクサを笹舟にのせて川に流すという習わしは、大島さんに教えてもらったそうだ。

それを聞いて以来、沙也香は心の中で何度も笹舟を流す。真実が明らかになりますように。不運に見舞われ、今はもうこの世にいないふたりのもとにも、それが届きますように。

今現在の捜査については大きな進展があった。金子農園の主の意識が回復したのだ。それによればあの日、金子さんは糸崎修議員から声をかけられ、新しい果樹園建設について相談に乗ってほしいと言われた。用地の視察に誘われ、松倉山の展望台まで同行したところ、ぎりぎりの縁まで誘導されて、糸崎議員から突き飛ばされたそうだ。

貴重な証言が得られたわけだが、目撃者がいないため決め手に欠け、逮捕には至らないと聞かされた。歯噛みしていると、ここに来てもうひとつ風向きが変わった。糸崎議員と秦野市内で打ち合わせをしていたと、当初から証言していた秘書が内容を翻したのだ。偽証を強要され、立場上やむなく従ったと言う。

当の議員は無実を訴え徹底抗戦の構えだそうだ。何も認めていない。

捜査の行方は混沌《こんとん》としているが、そもそものきっかけとなった三十年前の事件についても、再調査が進められている。大島さんへの冤罪疑惑も浮上し、息子である佐野への世間の目も変わり始めている。佐野の正体に気づき、脅すような口調で迫っていた謎の男は、近くの工場で働く作業員だそうだ。あれ以来現れていないが、父のことを知っているなら話をしてみたいと佐野は言っていた。

金子農園の主によるアリバイ偽証は、明るみに出ると同時に激しい非難にさらされるだろう。社会的地位を失い苦境に立たされる。隠し通したい気持ちは強いだろうが、当人自身が殺されかけ、孫娘やその友だちまで巻き込むところだった。さすがに重く受け止めているらしい。

今こそ真実を語ってほしい。そのときはチカたち家族に累《るい》が及ばないことを、沙也香たちは切に祈る。琴美の話を聞く限り、幼いながらも毅然としているチカに、心を寄せ続けたい。

神社にたどり着くと、祭り提灯《ちょうちん》に照らし出された境内は大勢の人で賑わっていた。歓声や笑い声、誰かを呼ぶ声、探す声、下駄《げた》の音、拍手、ヨーヨーをつく音、屋台からの匂い、色とりどりの綿菓子、真っ赤なりんご飴。音や匂い、色の乱舞を、黒々と茂った木々が幾重にも取り囲む。喧噪に紛れ、過去に生きた人たちも行き交っているような気がした。

この世には、哀しいことも口惜しいことも情けないことも虚しいことも、夜の闇のように濃く深く横たわっているけれど。

「ミツくん、また食べてる。それいくつ目？」

女の子の声がした。

「小さくてもカステラっておいしいね」と、男の子の声。

「ずるい。みんなで食べてねって言われたでしょ」さっきとはちがう女の子。

沙也香たちは「おーい」と手を振りながら歩み寄った。小学生三人はこちらに気づくなり、パッと目を輝かせる。

夜の闇がすべてではなく、健《すこ》やかなものも明るいものもあることを、お日さまのように朗《ほが》らかな笑みが沙也香たちに教えてくれる。

解説

宇《う》田《だ》川《がわ》拓《たく》也《や》
（ときわ書房本店　文芸書・文庫担当）

北側に丹沢《たんざわ》の迫る山間の集落――白沢町《しらさわちょう》。

夏休み中の小学四年生――琴美《ことみ》は、〝佐野《さの》くん〟の訪れをいまかいまかと待っている。といっても、この〝佐野くん〟こと佐野隆《たかし》は親しい近所の小学生ではなく、琴美の父親が過去に世話になったという人物の息子で、年齢は父とそう変わらない大人である。春先に初めて琴美の家にやって来て、二階の空き部屋に住み込むようになると、その爽やかで快活な人柄に、家族だけでなく町のひとびとも佐野のことをすっかり気に入ったのだった。

琴美はそんな佐野に以前、学校で起こった幽霊の仕業としか思えない奇妙な出来事について話をして、真相に至る助言をもらったことがあった。そして佐野の仕事の都合で二ヶ月会えなかった間に、また話を聞いてもらいたい〝わけのわからないこと〟に遭遇していた。友だちのひとりである光弘《みつひろ》の祖母の部屋から、大事な指輪と手紙が突然消えてしまったのだ。そのとき、家には誰もいなかったはずなのに……。

というのが、大崎梢『さよなら願いごと』の出だしである。なるほど、のどかな町を舞台に夏休みを過ごす少女の身の回りで起きた不可解な謎を、好青年の鋭《するど》い推理が明らかにしていく日常の謎を扱ったミステリなのだな——と思う向きもあるかもしれない。ところが、「願いごとツユクサ」と題された琴美と佐野のエピソードは、不穏な展開を経て、前述した物語のイメージを打ち砕くような、読み手の心を波立たせずにはおかない結末を迎える。

いったいどうなってしまうのか——と慌ててページをめくり、続く「おまじないコスモス」に進むと、大きな戸惑いを覚えることになる。なぜなら舞台は同じく白沢町だが、登場人物がガラリと変わり、中学三年生の永瀬《ながせ》祥子《しょうこ》、そして祥子が片思いしている同級生で野球部のエースの土屋《つちや》拓人《たくと》が話の中心となるからだ。土屋から声を掛けられ、思いも寄らない相談事を聞かされた祥子は、さらにその問題の根底に、この町で三十年前に起きたという痛ましい事件があることを知る。

二〇二〇年五月刊行の本作単行本の帯と本文庫の帯には、〝大崎梢史上最高濃度の長編ミステリー〟といった惹句《じゃっく》が打たれているのだが、容易には全体像を摑ませてくれない企《たくら》みの予感に加え、三十年という長い時間をつなぐ過去の事件と現在の謎は構えも大きく、まさにその言葉にふさわしい内容であることが、この時点でもう納得できる。

大崎梢という小説家に対する一般的なイメージとして、もっとも多く挙がるのは、本とそれを扱う現場(出版を含む)を描いた作品の第一人者であり、おもに日常的な謎を扱ったミステリを得意とする作家、だろう。現在では作風の幅も広がり、すでにこうした捉え方には収まり切らないキャリアを築かれているが、それはひとまず措《お》くとして——。

そのうえで話を進めると、本作を読み進めて改めて感じたのは、大崎梢はミステリのために物語を考えるのではなく、物語のためにミステリという仕組みを使いこなすタイプだということだ。念のために申し上げておくが、それはミステリが二の次になっているということではない。本屋を舞台に書店員コンビが謎を解き明かしていく「本格書店ミステリ」として大歓迎されたデビュー作『配達あかずきん　成風堂書店事件メモ』(二〇〇六年)の創元推理文庫版解説で、戸川安宣《とがわやすのぶ》氏が収録作について、〝「赤毛組合」にも匹敵する本格短編の見本のよう〟〝謂わば不可能犯罪テーマの作品〟〝ミステリのテーマとしては最もベーシックなフーダニットもの〟〝謎解き小説のカタルシス〟といった言葉を使って高く評価している。これはつまり、デビューの段階で大崎梢がミステリというジャンルを基礎から熟知しており、さらにそれを確かな手つきで物語に落とし込むことができていたことの証左である。前述した帯の惹句〝最高濃度〟は確かにそのとおりなのだが、本作でミステリを創り出す力が特別飛躍したように捉えてはならない。そもそも大崎梢はミステリを巧みに使いこなすことに秀でた小説家であり、その力が色濃く発揮されたゆえの〝最高濃度〟なのである。

さて、続く「占いクレマチス」に話を移すと、舞台はやはり白沢町で共通するが、中心となる人物はまた変わって、高校で新聞部の部長を務める沙也香《さやか》にシフト。今度の文化祭での発表に向け、いまやオカルトスポットと化した床石《とこいし》地区にある廃ホテルについての取材・調査を考えている沙也香たち。選挙によって決まった新道を通す案が急遽変更され、この事業を当てにして進めていたホテルの建設工事が頓挫《とんざ》し、そのまま放置されていまに至っているわけなのだが、じつはこの一連の流れに占い師を務める沙也香の祖母が関係しているらしく……。

これまでの三つのエピソードは舞台が同じだけで、つながりというとモチーフとなる花、おまじないや占い、そしてある殺人事件といった具合にゆるやかなものだ。また各話のラストが緊張感の走るシリアスな場面で閉じているため、その先についても大いに気に掛かって仕方がない。

そしてここからが本領発揮。最後の章「花をつなぐ」において、本作一番の読みどころがついに大きく華開く。小学生↓中学生↓高校生と続いてきた流れが、輪を描くように結ばれていく見事な収斂《しゅうれん》。読者が頭に描いていた痛ましい事件の様相がガラリと覆《くつがえ》される驚き。手に汗を握りながら少女たちを応援し、見守らずにはいられないクライマックス。

「女の子が主人公というのもこだわっている点で、世間から甘く見られがちな存在が、力を込めて放つ矢。それが硬直した現実を切り開くところを、見てみたいじゃないですか」(「小説宝石」二〇二〇年六月号掲載・著者エッセイより)

まさにその言葉を具現化した胸のすく展開を、そこから続く大崎作品屈指のやさしく美しいラストシーンを見届けていただきたい。

願いごとは、ひとにとって容易には満たされず届かない想いがある限り繰り返され、なくなることはない。けれど、本作に登場するような少年少女たちの日常こそは、わざわざ願うことを必要としない明るく充実したものであって欲しいものである。

最後にトピックスをひとつ。

本書刊行の翌月——二〇二三年九月に、文庫版『もしかして ひょっとして』が発売される。六つの短編からなる作品集で、それぞれの主人公は年齢も立場も異なるが、さすが大崎梢らしいミステリ要素がじつに塩梅《あんばい》よく施されたものばかりで、頬を緩めつつ心満たされる一冊なので、ぜひ本書とあわせてお愉《たの》しみいただきたい。

○初出
願いごとツユクサ　「ジャーロ」六十六号（二〇一八年十二月）
おまじないコスモス　「ジャーロ」六十七号（二〇一九年三月）
占いクレマチス　「ジャーロ」六十八号（二〇一九年六月）
花をつなぐ　「ジャーロ」六十九号（二〇一九年九月）

二〇二〇年五月　光文社刊

光文社文庫

さよなら願《ねが》いごと

著　者　大《おお》崎《さき》　梢《こずえ》

2023年8月20日　初版1刷発行

発行者　三　宅　貴　久
印　刷　堀　内　印　刷
製　本　榎　本　製　本

発行所　株式会社　光　文　社
〒112-8011　東京都文京区音羽1-16-6
電話　(03)5395-8147　編　集　部
8116　書籍販売部
8125　業　務　部

ISBN978-4-334-10004-9　Printed in Japan

組版　萩原印刷